Anne Amrum

NORDSEE SPIEL

Die Küsten-Kommissare

Das ist ein Kriminalroman und somit reine Fiktion. Sämtliche Personen und deren Handlungen sind frei erfunden. Ähnlichkeiten mit tatsächlich lebenden oder toten Personen (inklusive zufälliger Namensgleichheiten) und /oder Ereignissen sind nicht beabsichtigt und wären rein zufällig.

An dieser Stelle versichere ich, die Autorin, für die Darstellung und Erwähnung diverser gastronomischer, kultureller und touristischer Einrichtungen oder für die Verwendung von Markenbezeichnungen in diesem Buch keine Bezahlung oder anderweitige Zuwendung erhalten zu haben.

Copyright © 2022 Anne Amrum

Alle Rechte vorbehalten.

ISBN: 9798824585797

Imprint: Independently published

*Wenn du den Eindruck hast,
dass das Leben Theater ist,
dann such dir eine Rolle aus,
die dir so richtig Spaß macht*

William Shakespeare

SAMSTAG

1

Du bist das Opfer. Begib dich um 21 Uhr unter einem Vorwand auf die Terrasse. Der Täter oder die Täterin wird dich finden. Lass niemanden merken, dass du bloß noch eine Stunde zu leben hast.

Knut Wilken faltet den Zettel wieder zusammen und steckt ihn in seine Brusttasche. Er lässt seinen Blick über die Anwesenden streifen.

Nadja an seiner rechten Seite ist noch in ihre Rollenbeschreibung vertieft. Sein Blick gleitet ihr seidiges schwarzes Haar bis zu ihrem verführerischen Dekolleté hinab. Die üppigen Rundungen sind kaum verhüllt. Der pinkfarbene Stoff setzt erst kurz vor den Nippeln an. Alles an ihr ist irgendwie sexy, auch – nein, nicht auch, sondern vor allem die pinkfarbene Brille, die sie an einer Kette trägt und nur dann aufsetzt, wenn sie etwas liest. Wie gerade jetzt. Geistesabwesend greift sie zu ihrem Champagnerglas und führt es an die Lippen. An ihre rot geschminkten Lippen, die auf eine Art glitzern, die seinen Puls in die Höhe treibt. Nun, das Vergnügen, diese Lippen auf den seinen zu spüren, wird er erst später haben. Viel später. Wenn das Spiel sein Ende gefunden hat, das Dessert verschlungen ist, die Weinvorräte der Gastgeber auf ein Minimum geschrumpft sind und seine Frau Rieke in einen tiefen Schlaf gefallen ist.

Selbige, zu seiner Linken, räuspert sich bereits zum zweiten Mal und so zieht er notgedrungen seine sehnsüchtigen Blicke aus Nadjas Dekolleté ab und wendet sich seiner Gattin zu.

»Etwas Wein, Liebling?«, fragt er, während er routiniert zur halb vollen Flasche greift.

Sie nickt wortlos und faltet das Blatt Papier in ihren Händen wieder zusammen. Ein zufriedenes Lächeln umspielt ihre Lippen. Jene dünnen und harten Lippen, die so rein gar nichts mit Nadjas vollen und sanften gemein haben. Und doch würde er um nichts in der Welt etwas an den Fakten ändern wollen, obwohl das – zugegebenermaßen – mehr am finanziellen Hintergrund seiner Gattin liegt, als an deren körperlichen Vorzügen. Reich zu heiraten hat seinen eigenen Wert.

Ubba Roeloff, die Gastgeberin des heutigen Abends, die ihm gegenübersitzt, klopft mit dem Löffel gegen ihr Champagnerglas. Ihre hellblonden, fast weißen und frisch geschnittenen kinnlangen Haare passen perfekt zu dem eleganten, cremefarbenen Hosenanzug. Ihr Gesicht wirkt, wie immer, wie von einem Künstler bemalt. Die zierliche Brille mit dem goldenen Rand vervollständigt das elegante Ensemble. Sie streicht ihrem Ehemann, der im schwarzen Rollkragenpullover neben ihr sitzt, zärtlich über den Arm.

»Liebe Freunde, Fedder und ich sind sehr glücklich, euch heute wieder bei einem unserer Spiele begrüßen zu dürfen. Nachdem unser letztes Spiel so unterhaltsam verlaufen ist, freuen wir uns schon sehr auf das heutige – die Regeln dürften ja bereits hinlänglich bekannt sein. Ich darf euch also bitten, per sofort in eure Rollen zu schlüpfen! Ab jetzt müsst ihr euch alle vorstellen, dass wir uns auf einer Jacht befinden.«

»Mensch Ubba, warum haste uns nicht gleich auf eine eingeladen?«, wirft Torben, der einzige Glatzkopf der Runde, mit lauter Stimme ein.

Das Gelächter, das nun folgt, verebbt erst wieder, als die Gastgeberin neuerlich mit dem Löffel gegen ihr Glas tippt.

»Ich übergebe nun hiermit an den Kapitän.«

Ihr Mann Fedder Roeloff erhebt sich feierlich.

»Meine Lieben, wir haben hier auf dieser Jacht eine Bar mit ausgezeichnetem Whiskey. Wer also einen Aperitif dieser Art verkosten möchte, darf mir gerne folgen.«

»Passionierte Naschkatzen bleiben bei mir in der Kombüse«, lacht Nadja und bindet sich eine Schürze um, auf der groß und deutlich *Smutje* steht.

Knut lächelt ihr bereits besonders herzlich zu, als seine Frau Rieke lautstark erklärt, mit Freude nicht nur beim Naschen, sondern auch beim Abschmecken der Soßen helfen zu wollen.

Das bremst seinen Enthusiasmus, denn zu einem erotischen Vorgeplänkel zwischen Pfannen und Töpfen wird es nun wohl nicht kommen. Da kann er sich genauso gut einen Whiskey mit dem Kapitän genehmigen.

In Fedders Bar hat sich, neben dem Hausherrn, auch Torben eingefunden, der bereits die Whiskeyauswahl studiert.

Knut streicht sich bedächtig über sein schütteres Haar und kneift ein Auge zu, während er seine beiden Freunde und Mitspieler beobachtet. Wenn er nun tatsächlich bloß noch eine Stunde zu leben hätte, würde er sie hier verbringen wollen? Mit Fedder, der zu jedem Anlass einen Rollkragenpulli trägt und ständig seine John-Lennon-Brille poliert, und Torben, der den Drang hat, sich permanent in den Vordergrund zu spielen und seinen Mangel an Haaren mit einem Übermaß an Lautstärke kompensiert? Klares Nein. Er würde in die Küche gehen, seinen Kopf in Nadjas Ausschnitt versenken und eine Ohrfeige von seiner Frau kassieren.

Mit einem Grinsen genehmigt er sich den ersten Whiskey.

Es ist eben bloß ein Spiel.

2

Rieke streicht sich verlegen eine Haarsträhne hinters Ohr, während sie so tut, als ob sie an der Zubereitung der Speisen interessiert wäre.

Während sie der Köchin des heutigen Abends zusieht, wie diese gelangweilt eine Ananas in Scheiben schneidet, fragt sie sich, welcher der teuren und auffälligen Armreifen an Nadjas speckigen Unterarmen wohl von ihrem Mann bezahlt wurde. Oder besser, wie viele. Knut, der Idiot, erkauft sich auf diese Art schon seit Längerem gewisse sexuelle Gefälligkeiten. Und er ist der Einzige, der denkt, dass niemand seine schnuckelige kleine Affäre mit der extravaganten schwarzhaarigen Tigerlady mitbekommt – obwohl er ihr dermaßen auffällig in den Ausschnitt starrt, dass man schon blind sein müsste, um es nicht zu schnallen.

Und taub. Denn auch seine Stimme hat diesen ganz besonderen Klang, wenn er mit ihr spricht, oder vielmehr ihr etwas zusäuselt.

Was sie jedoch am meisten stört, ist nicht so sehr die Tatsache, dass Knut mit Nadja treibt, was immer er mit ihr treibt, sondern dass er nicht fähig ist, den Schein zu wahren, wenn sie in Gesellschaft sind. Wenn alle ihre

Freunde zwangsläufig mitbekommen *müssen*, wie ungeniert er ihr nachsteigt. Mit Bemerkungen, die sie zum Kichern bringen, mit besonders aufmerksamen Gesten, die jedem Gentleman zur Ehre gereichen würden und mit Blicken, die tiefer nicht sein könnten.

»Magst du Ananas?« Nadja klimpert mit ihren schwarz getuschten Wimpern.

Rieke, die plötzlich aus ihren Gedanken gerissen wird, stutzt einen Moment. Aber nur einen. Schon einen Atemzug später hat sie sich wieder voll im Griff.

»Klar. Du auch?«

»Ja.« Nadja schnipselt gelangweilt weiter.

Kommunikation kann mühsam sein, denkt Rieke, während sie sich von dem delikaten Weißwein nachschenkt. Wenigstens hat sie bei dem heutigen Spiel die spannendste Rolle gezogen, und nicht – wie in den bisherigen Spielen – eine jener Statistenrollen, die es in so einem Setting eben auch geben muss. Ihre langjährige und beste Freundin Ubba liebt diese Spiele und hat es geschafft, auch ihre Umgebung dafür zu begeistern. Seit Jahren kommen sie einmal im Monat zusammen, um in unterschiedliche Rollen zu schlüpfen. Und heute – endlich – zum ersten Mal überhaupt, darf sie die Mörderin verkörpern. *Jemanden töten.* Einem Menschen das Leben nehmen. *Böse sein.* Und als Draufgabe auch noch lügen und alles vertuschen.

Wessen Leben sie wohl auslöschen wird? Nadjas hoffentlich, das würde ihr Spaß machen. Schon die Vorstellung, der notgeilen Schlampe ein brutales Ende zu bereiten, lässt ihr Herz höher schlagen, auch wenn ihr bewusst ist, dass dies nur in ihrer Fantasie passieren wird.

Oder Torben. Ja, es würde ihr ein ungeheures

Vergnügen bereiten, diesem großkotzigen Macho das Licht auszublasen.

»Ich muss mal kurz, schneidest du die hier fertig?«, fragt Nadja und schiebt eine bereits geschälte Mango zu ihr hinüber.

Rieke nickt wie selbstverständlich. Doch kaum ist sie allein in der Küche, guckt sie auf die Uhr. 20:55. Um 21:00 soll sie sich – ihren Anweisungen gemäß – mit einem Messer auf der Terrasse einfinden, um denjenigen, den sie dort vorfindet, zum Opfer des heutigen Abends zu machen.

Und Nadja ist bereits mit einer Ausrede verschwunden. Vielleicht setzt sie sich auf den bequemen Terrassenmöbeln bereits in Position. Mit geradem Rücken und vorgestrecktem Busen. So, wie sie das immer macht. Ja, dem Miststück das Messer in den Hals zu rammen, würde ihr gefallen.

20:59.

Zeit, die Küche zu verlassen.

Die Terrasse ist nur schwach beleuchtet. Doch ihre sensiblen Augen nehmen rasch den Umriss eines Körpers wahr. Jemand hat es sich auf einer der Sonnenliegen bequem gemacht. Der Silhouette nach ist das zukünftige Opfer wohl männlich. Die kurze Enttäuschung darüber weicht bald einer prickelnden Neugier.

Sie verengt die Augen, um besser sehen zu können. Ja, eindeutig. Halb auf der Liege, halb herunterhängend, liegt ein Mann. Jeans und Hemd kommen ihr sehr vertraut vor – wie auch die schüttere Kopfbehaarung. Ihr Mann Knut wartet also hier auf seine Hinrichtung.

Nun gut, die kann er haben, denkt sie, und schleicht sich lautlos an ihn heran. Als sie hinter ihm zu stehen kommt, traut sie sich kaum noch zu atmen. Vorsichtig zieht sie das Messer hervor. Während ihre Finger selbiges fest umschließen und sie den Arm über seinen Kopf hebt, spürt sie plötzlich, dass es richtig ist – dass er es verdient, durch ihre Hand zu sterben. Dass er bezahlen muss für all die Demütigungen, die er ihr im Laufe ihrer Ehe zugefügt hat.

Die Macht, die sie nun fühlt, berauscht sie. Ein Leben zu nehmen. Für immer. Weil *sie* es für richtig hält. Ihr Herz schlägt nun wie wild und das Adrenalin, das ihre Adern flutet, lässt sie vor Spannung erzittern.

* * *

Nadja steht im Vorraum der Toilette und blickt in den Spiegel, um die Zeit totzuschlagen. Die schriftliche Anweisung, die sie erhalten hat, war unmissverständlich.

```
Du bist die Schiffsköchin. Binde dir die
Kochschürze um und verweile vorerst in der
Küche. Begib dich um 21 Uhr auf die
Toilette, bleib dort zehn Minuten, und geh
anschließend auf die Terrasse.
```

Um die Zeit sinnvoll zu nutzen, zieht sie ihre Lippen nach und tuscht ihre ohnehin stark getuschte Wimpern noch ein weiteres Mal. Auch beim Parfüm legt sie nach. Sie weiß, dass dieser Duft Knut verrückt macht. Nicht, dass ihr so sonderlich viel an dem verwöhnten Kerl liegt, aber es gefällt ihr, begehrt zu werden. Und auch, dass Rieke deswegen so angepisst ist. Das Manöver, das selbige soeben abgezogen hat, hat sie sofort durchschaut. Die spindeldürre Vogelscheuche hat die Küche bloß belagert, um ihrem Ehemann nicht das Feld zu überlassen. Als ob sie auf die Küche der Roeloffs angewiesen wären! Knut kommt seit einem Jahr zweimal die Woche bei ihr Zuhause vorbei, und beinahe jedes Mal mit Geschenken. Zufrieden streicht sie über ihre Armreifen. Die Sammlung, die sie mittlerweile besitzt, ist bereits ein kleines Vermögen wert.

Sie trägt auch noch ein wenig mehr Rouge auf und bestäubt ihre Wangen mit Puder, als sie plötzlich innehält. Der Schrei, der an ihr Ohr dringt, hat etwas Alarmierendes. Automatisch stellen sich ihre Nackenhaare auf. Irgendetwas stimmt hier nicht. Mit einem schnellen Griff packt sie ihre Kosmetikartikel in die Handtasche zurück und läuft los.

Am Fuß der Treppe stößt sie mit Ubba zusammen. Genau in dem Moment, als ein neuerlicher Schrei ertönt. Schrill und lang gezogen, fährt er Nadja durch Mark und Bein.

Auch Ubba sieht irritiert drein.

»Was ist los?«

»Keine Ahnung. Ich denke, es kommt von der Terrasse.«

Gemeinsam laufen sie hinaus.

Das Bild, das sich ihnen bietet, könnte verstörender nicht sein. Riekes vom Schreien panisch verzerrtes Gesicht ist blutverschmiert. In ihrem biederen, beigefarbenen Kleid, das nun voller schaurig roter Flecken ist, ist sie über jemanden gebeugt, an dem sie sich wie eine Furie festkrallt. Zu ihren Füßen liegt ein Messer.

Geistesgegenwärtig tritt Nadja es beiseite. Fedder stürmt nun ebenfalls auf die Terrasse und hilft Ubba, die schreiende und tobende Rieke von dem Mann wegzureißen, den sie wie von Sinnen umklammert.

3

In der schmalen Straße, die zu der modernen Villa führt, versperren drei Polizeifahrzeuge und eine Ambulanz die Zufahrt. Reguläre Parkplätze sind nicht verfügbar und so parkt Kommissar Jasper Hinrichs den Dienstwagen mitten auf der Straße.
Oberkommissarin Sophie Meerkatz, die auf der Beifahrerseite aussteigt, wirft einen prüfenden Blick auf das Anwesen, das von unzähligen Lichtern hell erleuchtet ist.
Wie es scheint, hat sich bereits die gesamte Nachbarschaft hier versammelt, denn sie und ihre Kollegen müssen sich durch eine Menschentraube kämpfen. Kommissarin Svenja Tades, die Dritte im Bunde, winkt der uniformierten Kollegin hinter dem Gartentor zu.
»Moin Berta.«
»Moin. Gut, dass ihr da seid.«
Die Beamtin, die eine der wenigen Polizeiuniformen in Übergröße benötigt, öffnet die Gartentür.
»Die Treppe hoch, der Tatort ist auf der Terrasse.«
Dort ankommen, eilt ein älterer Polizeibeamter auf die Ermittler zu. Er schwenkt etwas in der Luft, das wie

ein größerer Tatortbeutel aussieht.

»Moin Sören«, grüßt ihn Sophie.

»Moin Frau Kommissarin. Die Tatwaffe hab ich bereits sichergestellt.« Mit stolzgeschwellter Brust übergibt er den durchsichtigen Beutel, in dem sich ein Prachtexemplar von einem Küchenmesser befindet.

Sophie hält ihn ins Licht. Das Messer ist sauber. Sowohl die Klinge als auch der Schaft. Nicht der kleinste Blutstropfen zu sehen.

Sie runzelt die Stirn und reicht das Beweisstück an ihren Kollegen Jasper Hinrichs weiter, der konzentriert wie ein Wildhüter die Terrasse überblickt.

»Und die Täterin habt ihr auch schon festgenommen?«, fragt er und deutet auf eine kleine, zierliche Frau, die weinend neben einer uniformierten Beamtin sitzt. Ihre Hände, die sie im Schoß liegen hat, sind mit Handschellen gefesselt.

»Logisch«, bestätigt Sören Rijnders mit breitem Grinsen. Seine Daumen hat er im Gürtel eingehakt, der vorgewölbte Bauch hängt ein wenig drüber. »Da haben wir euch dieses Mal die Arbeit abgenommen. Wir haben sie quasi in flagranti erwischt. Ihre Freunde mussten sie von dem Mordopfer herunterzerren, und das Messer lag zu ihren Füßen.«

»Aha«, meint Kommissar Jasper Hinrichs ein wenig unschlüssig, während seine Kollegin Sophie Meerkatz bereits auf die Leiche zugeht, die sie am Ende der Terrasse auf dem Boden liegend entdeckt hat. Sie steckt sich ihre rötlich-braunen Locken hinter die Ohren, um das Opfer genauer betrachten zu können.

Es handelt sich um einen Mann im besten Alter, in einem modernen, sportlich eleganten Outfit: Hellgraue Hose, dunkelblauer Blazer, türkisfarbenes Seidenhemd und teure Freizeitschuhe in exakt demselben Meergrün. Eine Designer-Sonnenbrille, die zerbrochen daneben liegt.

»Wer ist das?«

»Knut Wilken«, beeilt sich Rijnders, der ihr hinterhergeeilt ist, mit der Auskunft. »Vierzig Jahre alt. Unternehmer, wohnhaft hier in Husum.«

»Ist er der Hausherr?«

»Nein, er ist hier zu Gast, und zwar bei . . . einen Moment . . .« Mit ein wenig Mühe fischt er einen Notizzettel aus seiner Jackentasche. »Bei Ubba und Fedder Roeloff. Wir haben die beiden gebeten, drinnen zu warten, um die Terrasse, ich meine den Tatort, freizuhalten.«

»Sehr gut«, lobt Sophie.

»Wollen Sie mit ihnen sprechen?«

»Ja, aber erst will ich mir ein Bild vom Opfer machen.« Sie geht neben dem Toten in die Knie und betrachtet ihn eingehend. Die Augen stecken ein wenig verdreht in den Höhlen fest, der Blick ist gebrochen und der Schnitt entlang der Kehle spricht für sich.

»Wurde die Leiche bewegt?«

»Nicht, seit wir hier sind.«

»Hmm.«

»Was ist?«

»So wenig Blut . . .«

»Wie bitte?« Sören Rijnders guckt nun ein wenig verdattert drein. »Sie denken, er hätte mehr Blut verlieren müssen? Aber er ist doch eindeutig tot . . .«

»Ja, das bestreite ich auch nicht.«

Sophie erhebt sich wieder und sieht sich auf der Terrasse um. Ihr Blick fällt auf die festgenommene Frau, die mit leerem Blick zu ihr herüberstarrt. Ihr beigefarbenes Kleid hat einiges an Blut abbekommen, aber nicht mehr, als wenn sie sich die Lippe verletzt hätte.

»Hat jemand den Leichenbeschauer angefordert?«

»Brauchen wir den, wenn eindeutig Fremdverschulden vorliegt?«, fragt Rijnders zurück. »Da kommt die Leiche doch ohnehin in die Gerichtsmedizin.«

»Ja, den brauchen wir, mir stellen sich bei diesem Toten nämlich ein paar Fragen . . .«

»Ich bin schon dabei«, erklärt Jasper diensteifrig und zückt sein Telefon.

»Hat sie zugegeben, dass sie es war?«, wendet sich Sophie erneut an den uniformierten Kollegen und wirft einen demonstrativen Seitenblick auf die Frau in Handschellen.

»Doch ja, schon. Sie sagte mehrmals, dass es ihr so leid tut . . . und wir haben sie ja quasi in flagranti erwischt, denn sie war über den Toten gebeugt und das Messer . . .«

». . . lag daneben, jaja, das sagten Sie schon«, unterbricht Sophie, die es nicht leiden kann, wenn man ihr ein und dasselbe mehrmals erzählt. »Wann ging der Notruf ein?«

»Um 21:04. Wir waren in der Nähe und binnen fünf Minuten hier.«

»Wer hat angerufen?«

»Der Hausherr. Fedder Roeloff. Er sagte, es wäre ein Notfall und wir sollten so schnell wie möglich kommen.«

»Sprach er schon von einer Leiche?«

»Nein, bloß von einem Notfall.«

»Alles klar«. Sophie wirft einen Blick auf die magere

Gestalt in dem hellen, blutverschmierten Kleid. »Dann spreche ich mal mit der Verdächtigen . . .«

»Mit der Mörderin, meinen Sie wohl«, trumpft Rijnders auf und zieht ein weiteres Blatt Papier aus seiner Jacke. »Gucken Sie mal, Frau Kommissarin, das hatte sie bei sich. Sie hielt es völlig verkrampft in der Hand, als wir hier eintrafen.«

»Was ist das?«

Doch als Antwort erhält sie bloß einen beschwörenden Blick.

»Lesen Sie selbst.«

Sophie faltet das Blatt neugierig auseinander und liest mit wachsendem Erstaunen, was darauf geschrieben steht.

Du bist die Täterin. Triff dein Opfer um 21:00 auf der Terrasse. Töte es mit dem mitgebrachten Messer und verstecke selbiges anschließend unter dem roten Blumentopf. Misch dich wieder unter die anderen und lenke jeden Verdacht von dir weg.

4

Nachdem Sophie den Kollegen Rijnders darüber belehrt hat, dass ein Schriftstück dieser Art nicht in einer Jackentasche aufbewahrt werden sollte, sondern als Beweismittel eingetütet gehört, nähert sie sich der geistesabwesend vor sich hin starrenden Frau, deren schmale Armgelenke in Handschellen stecken. Ihr biederes Kleid ist nicht nur völlig verschmutzt, sondern auch hochgerutscht. Ihr Blick ist auf eine seltsame Art leer.

Insgesamt wirkt sie mehr wie ein Missbrauchsopfer, denkt Sophie. Sie zieht sich einen der umstehenden Gartenstühle heran und setzt sich ihr gegenüber.

»Frau Wilken?«

»Ja.«

Sie antwortet zwar, aber die wässrig blauen Augen blicken weit in die Ferne.

»Frau Wilken, Ihr Mann Knut wurde getötet.«

»Ja.«

Unbewegt starrt sie weiterhin an Sophie vorbei.

»Können Sie mir sagen, was passiert ist?«

»Ich weiß es doch auch nicht . . . ich kam mit dem Messer und hab mich von hinten an ihn rangeschlichen und dann . . . dann lag er da, mit diesen toten Augen, und es war plötzlich alles so echt und da wurde mir klar, dass ich das nicht wollte . . . also nicht wirklich . . . und da habe ich versucht . . . aber er reagierte nicht . . . auf gar nichts mehr . . .«

»Frau Wilken, was wollten Sie? Was haben Sie versucht?«

»Gar nichts mehr . . .«

Ihre Schultern beginnen nun zu beben und in ihren Augen sammeln sich Tränen.

»Gar nichts mehr . . .«

»Warum kamen Sie mit dem Messer?«

Sie schnieft und sieht Sophie verständnislos an. Mit diesem seltsam ausdruckslosen Blick.

»Um ihn zu töten, natürlich. Ich sollte das tun, das war mein Auftrag, aber ich verspürte auch Lust dazu . . . ja wirklich, ich dachte, welche Macht ich nun habe, welch unbeschreibliche Macht . . . mit dem Messer in der Hand, als ich hinter ihm stand . . . so eine Macht . . . ein Leben zu nehmen . . . ein menschliches Leben auszulöschen . . .«

»Haben Sie es getan? Haben Sie zugestochen?«

»Knuts Leben . . . es war Knuts Leben, das ich auslöschen wollte. Können Sie sich das vorstellen? Das waren meine Gedanken . . . solch schreckliche Gedanken hatte ich . . . ich hätte das nicht denken dürfen, niemand sollte so etwas denken . . . es ist alles meine Schuld . . . ich habe das Schicksal herausgefordert . . .«

Sophie wirft Svenja, die neben ihr steht, einen kurzen Seitenblick zu. Für diese Zeugin werden sie noch eine Menge Geduld brauchen. In dem Zustand, in dem sie sich befindet, ist sie jedenfalls nicht wirklich vernehmungsfähig.

»Moin Sören«, ertönt plötzlich eine vertraute, nasal klingende Stimme und tatsächlich quert Dr. Aiko Emmermann, Leichenbeschauer und Segelfreund des Hauptkommissars, in seiner üblichen dunkelblauen Windjacke die Terrasse. Er schüttelt Rijnders die Hand und lässt sich von ihm die Leiche präsentieren.

Sophie geht auf ihn zu.

»Moin Aiko.«

»Moin.« Er erwidert ihren Gruß, ohne sie anzusehen. Dennoch ist es als deutliche Verbesserung ihrer Beziehung zu werten.

Sein Blick haftet an der Kehle des Opfers. Er verzichtet darauf, die Plastikhandschuhe, die er bereits aus seiner Tasche genommen hat, überzustreifen.

»Hier liegt eindeutig Fremdverschulden vor, ab in die Gerichtsmedizin mit ihm.«

»Ja«, Sophie nickt freundlich. »Das ist für jeden hier ersichtlich . . . ich hatte gehofft . . .«

»Was?«

»Dass du irgendwelche Details erkennst, die mir weiterhelfen . . . heute ist Samstag und vor Montag werden wir die Leiche vielleicht nicht autopsiert bekommen . . .«

»Nur gut, dass wir die Täterin schon haben«, bringt Sören Rijnders sich mit unüberhörbaren Stolz in der Stimme ein.

»Ach ja?« Emmermann sieht sich interessiert um. Sein Blick bleibt an der zarten Person mit den Handschellen hängen. »Die dürre Blonde in dem hellen Nachthemd da drüben?«

»Ganz genau«, bestätigt Rijnders. »Seine Ehefrau. Wir haben Sie mit einem Messer bei der Leiche gefunden.« Diensteifrig eilt er los, um das Beweisstück im durchsichtigen Tatortbeutel wieder zurückzuholen und dem Leichenbeschauer als Beweis zu präsentieren.

»Mit einem Messer?«

Emmermann kneift ein Auge zu und blickt mit dem anderen zwischen dem davoneilenden Rijnders und Sophie hin und her.

»Im Leben nicht«, murmelt er dann und geht in die Hocke. Er hebt ein Augenlid des Toten an und leuchtet den Augapfel mit einer kleinen Taschenlampe aus.

Anschließend fixiert er Sophie mit einem überheblichen Lächeln.

»Die könnt ihr wieder laufen lassen.«

Sie runzelt die Stirn. Obwohl sie bereits ihre eigenen Bedenken hat, was diese Frau betrifft, wundert sie sich über Emmermanns Entschiedenheit.

»Du bist dir sicher? Warum?«

»Petechien.«

Erst auf Nachfrage lässt er sich zu einer Erklärung herab. »Kleine Einblutungen, die am Augapfel sichtbar sind. Dieser Tote hier ist weder an einem Schnitt noch an einem Stich gestorben.«

»Woran dann?«, fragt Sophie perplex und betet im Stillen darum, dass er nicht mit einer seiner berühmt-berüchtigten *Herzinfarkt-aufgrund-akuter-Bedrohung-Theorien* ankommt.

»Er wurde stranguliert.«

5

»Stranguliert?«

Sophie sieht Aiko Emmermann verblüfft an. »Und der Schnitt an der Kehle?«

»Das ist kein Schnitt. Also zumindest keiner, den ein Messer verursachen würde.«

»Was denn?«

»Draht.«

»Draht? Oh Mann . . .« Sie betrachtet die Wunde interessiert. Tatsächlich verläuft der Schnitt kreisrund um den Hals, mit mehr oder weniger tiefen Einkerbungen.

»War vermutlich ein recht dicker Draht, der nur an wenigen Stellen oberflächlich ins Gewebe geschnitten hat«, lässt sich Emmermann zu einer weiteren Erklärung hinreißen.

»Deshalb gab es so wenig Blut?«

»Bingo.« Er zeigt ihr das Daumen-hoch-Zeichen. Wie alle seine Gesten wirkt auch diese überheblich.

»Wir suchen also einen Draht und kein Messer«, schlussfolgert Sophie.

»Du bist ausgesprochen fit heute«, kommentiert der Arzt feixend und packt seine Tasche wieder zusammen, als er Fedder Roeloff erblickt, der soeben die Terrasse betritt.

»Moin Fedder, tragische Sache.«

»Kannste laut sagen.« Roeloff verzieht das Gesicht.

»Ihr beide kennt euch?«, stellt Sophie überrascht fest.

»Aiko ist mein Internist«, erklärt Roeloff.

»Schon viele Jahre«, bestätigt Emmermann, reicht seinem Patienten die Hand und wendet sich zum Gehen. Doch bevor er den Tatort verlässt, hält er ihr noch sein Handy unter die Nase. Das Foto auf dem Display zeigt Hauptkommissar Rüdiger Thomsen, wie er mit seiner braun gebrannten und strahlend blonden Ehefrau eine Flugzeugtreppe heruntersteigt. *Soeben wieder auf heimischem Boden gelandet*, steht darunter.

»Nur gut, dass der Chef rechtzeitig wieder hier ist«, sagt er mit einem süffisanten Unterton.

Sophie schluckt den aufkeimenden Ärger souverän hinunter, wendet sich von ihm ab und ihren Kollegen zu.

»Jasper, organisiere bitte das Spurensicherungsteam, und Svenja, du versammelst bitte das Ehepaar Roeloff und die übrigen Gäste in einem geeigneten Raum. Ich komme mit der Ehefrau des Opfers in ein paar Minuten hinterher.«

* * *

Rieke Wilken sitzt nach wie vor regungslos auf dem Gartenstuhl. Den Kopf lässt sie hängen, wie ein Schulmädchen, das etwas falsch gemacht hat. Sören

Rijnders steht mit verschränkten Armen neben ihr und bewacht sie aufmerksam. Ihm ist nicht klar, warum die Mörderin, die er sozusagen von der Leiche heruntergeholt hat, von den Ermittlern und nun auch vom Leichenbeschauer so geschont wird. Und das trotz des eindeutigen Beweises.

»Nehmen Sie ihr die Handschellen ab«, verlangt Sophie.

»Aber . . .«

»Ohne *aber*. Sie brauchen die Dame auch nicht mehr zu bewachen. Stattdessen suchen Sie bitte nach einem Stück Draht.«

»Wie bitte?« Vor Verblüffung vergisst Rijnders, seinem Auftrag nachzukommen.

»Klick klack«, sagt Sophie und macht zur Verdeutlichung eine Geste, als ob sie ein Türschloss aufsperren würde.

Rieke Wilken reagiert kaum auf ihre wiedergewonnene Freiheit. Sie streicht sich nur ein wenig über ihre Gelenke. Ihr Blick ist nach wie vor ausdruckslos.

»Außerdem brauchen wir hier psychologische Unterstützung«, erklärt Sophie und sieht Rijnders auffordernd an.

Doch der kratzt sich lediglich am Hinterkopf.

»Wie war das mit dem Draht?«

»Ja, 'n Draht eben, vielleicht mit Hölzchen an den Enden.«

»Und wozu brauchen Sie den?«

»Er könnte die Mordwaffe sein.«

»Die Mordwaffe . . . aber die haben wir doch schon! Ich hab Ihnen doch persönlich die Tüte mit dem Messer . . .«

»Das Messer war nicht beteiligt.«

»Das Messer war nicht beteiligt?« Rijnders Gesichtsausdruck ist an Fassungslosigkeit nicht zu überbieten. »Aber der Tote hat doch einen Schnitt am Hals . . .«

»Ja. Von einem Draht. Wenn Sie also nun so freundlich wären, selbigen hier irgendwo zu finden?« Sophie untermauert ihre neuerliche Aufforderung mit einem entsprechenden Blick und wendet sich anschließend ihrer verstörten Zeugin zu.

»Frau Wilken, Sie haben Ihren Mann nicht mit dem Messer verletzt.«

»Nein?«

Die kleine, verzagte Frau sieht irritiert zu ihr hoch.

»Nein. Sie haben ihn weder erstochen noch geschnitten.«

»Sind Sie sicher?«

»Ja. Jemand anders hat ihn getötet.«

»Aber wer würde denn so etwas tun?« Riekes Augen füllen sich erneut mit Tränen.

»Das weiß ich noch nicht. Aber Sie kommen jetzt erst mal mit mir ins Haus hinein. Vielleicht finden wir es gemeinsam mit Ihren Freunden heraus.«

6

Jasper und Svenja haben die Gesellschaft bereits um den großen Tisch im Wohnzimmer der Roeloffs versammelt, als Sophie mit Rieke Wilken eintritt. Augenblicklich tritt eine angespannte Stille ein – von der Art, dass man eine Stecknadel fallen gehört hätte.

Jasper nutzt die Stille und übernimmt die gegenseitige Vorstellung. Seine Überraschung, dass Rieke Wilken seine Kollegin ohne Handschellen begleitet, lässt er sich nicht anmerken.

Ubba Roeloff, die Gastgeberin, räuspert sich und steht irritiert auf.

»Frau Meerkatz, ich habe Ihrem Kollegen bereits erklärt, dass wir mit dem Mord nichts zu tun haben. Es war doch bloß ein Spiel. Zumindest sollte es das sein.« Ihr vorwurfsvoller Blick trifft nun ihre Freundin Rieke. »Warum hast du das gemacht? Und warum hier bei uns? Auf unserer Terrasse?«

»Aber ich . . .«, beginnt jene sich zu rechtfertigen, doch Sophie bedeutet ihr zu schweigen.

»Jetzt setzen wir uns mal alle. Es war also ein Spiel?« Ihr Blick fixiert die Gastgeberin, die daraufhin vor Nervosität beginnt, an einem ihrer klobigen Ringe zu drehen.

»Ja, natürlich war es ein Spiel«, bekräftigt Ubba. »Das ist es doch immer. Und noch nie ist jemand dabei tatsächlich ermordet worden.«

»Dann stammt dieser Zettel von Ihnen?« Sophie zieht die Nachricht aus der Tasche, auf der Riekes Anweisungen notiert wurden und reicht ihn in einer Plastikhülle an ihre Gesprächspartnerin weiter. »Lesen Sie den bitte für uns alle laut vor.«

Ubba räuspert sich neuerlich und nimmt einen Schluck vom Wein. Dann beginnt sie mit einem leichten Zittern in der Stimme vorzutragen:

»Du bist die Täterin. Triff dein Opfer um 21:00 auf der Terrasse. Töte es mit dem mitgebrachten Messer und verstecke selbiges anschließend unter dem roten Blumentopf. Misch dich wieder unter die anderen und lenke jeden Verdacht von dir weg.«

Danach ist es wieder so still wie zuvor.

Totenstill.

Ubbas hellblaue Augen mit den schwarz getuschten Wimpern beginnen zu flackern.

»Jeder hat so einen Zettel mit Anweisungen erhalten, sonst funktioniert das Spiel doch nicht«, bricht es aus ihr heraus, als sie die Stille nicht mehr erträgt.

»Was ist das überhaupt für ein Spiel?«, will Sophie nun wissen.

»Ein Krimi-Dinner. Früher kauften wir einfach kommerzielle Spiele-Sets, aber irgendwann hatten wir sie alle durch. Die letzten beiden Krimi-Spiele habe ich selbst entwickelt.«

Sophie runzelt ihre Augenbrauen. »Wie kann ich mir das vorstellen?«

»Nun, zuerst frage ich bei meinen Freunden nach,

wer mitspielen möchte, danach entwickle ich die Charaktere. Jeder erhält eine Beschreibung seiner Rolle und auch klare Anweisungen, wo er sich wann aufzuhalten hat. Sinn der Sache ist es, dass niemand zum Mordzeitpunkt ein Alibi hat, weil sich jeder in einem anderen Teil des Hauses aufhält. Nur der Täter und das Opfer treffen logischerweise aufeinander.«

»Und dann? Was macht das Opfer den restlichen Abend? Wenn es nicht wirklich tot ist, so wie heute?«

»Mir beim Kochen helfen und sich über die Diskussion der anderen amüsieren.«

»Okay, also wenn Knut Wilken nicht gestorben wäre, dann wäre er einfach irgendwann in der Küche wieder aufgetaucht?«

»Nein«, widerspricht Ubba, »jemand hätte ihn zuerst finden müssen. Also Rieke sollte ja nur so tun als ob und sich dann wieder unter die Leute mischen. Nadja hier«, Ubba deutet auf eine attraktive, stark geschminkte Schwarzhaarige im gleichen Alter, »hätte das Opfer finden sollen. Sie hatte die Anweisung, zur Tatzeit auf Toilette zu gehen und anschließend eine Zigarette auf der Terrasse zu rauchen. Nadja ist Raucherin, müssen Sie wissen. Mein Plan sah also vor, dass sie Knut am Boden liegend vorfindet. Logisch, dass sie daraufhin alle anderen zusammengetrommelt hätte.«

Sophie nickt und schaut in die Runde.

»Das heißt also, Ihren Mann Fedder und Ihre Gäste Rieke und . . .«

»Torben Schluff«, hilft Jasper aus, als Sophies Blick an dem Mann mit der Glatze, der ihr gegenübersitzt, hängen bleibt.

»Danke. Also Nadja Melk und Torben Schluff

hätten mit Rieke Wilken und Fedder Roeloff den Mord aufklären müssen, während Sie und Knut Wilken für das leibliche Wohl gesorgt hätten?«

»Richtig.«

»Und wie lange?«

»Bis die Gruppe sich einigt, wobei eine einfache Mehrheit genügt, oder mit Gleichstand aufgibt.«

»Und wer gewinnt?«, fragt Jasper, dem anzumerken ist, dass ihm dieses Spiel nicht ganz geheuer ist.

»Nun, die Mörderin, wenn die Gruppe jemand anders verdächtigt, oder die Gruppe, wenn sie die Mörderin errät.«

»Und bei Gleichstand?«

»Auch die Mörderin«, stellt Ubba klar. »Im Zweifel für den Angeklagten, so heißt es doch.«

»Und das macht Spaß?« Jasper blickt mit gefurchter Stirn von einem zum anderen.

Sie nicken alle.

»Eine Menge«, bestätigt Torben enthusiastisch. »Beim letzten Mal war ich das Opfer. Ich hab mich anschließend kaputtgelacht über die stümperhaften Aufklärungsversuche meiner Mitspieler.«

»Was bitte meinst du mit stümperhaft?«, hält Nadja dagegen. »Wir waren toll. Die Gruppe hat haushoch gewonnen.«

»Ja, aber bloß, weil Fedder sich verraten hat«, widerspricht Torben und ein Grinsen breitet sich auf seinem Gesicht aus.

»Sie waren beim letzten Mal der Täter?«, hakt Sophie nach und sieht den Hausherrn auffordernd an.

Fedder nickt. »Ich musste 'ne alte Axt verwenden. Da hab ich mir 'n Span eingezogen. Das hat mich dann verraten.«

»Das und dein Gehumpel.« Nadja kichert nun, schlägt sich aber sofort auf den Mund, als sie Sophies strengem Blick begegnet.

»Ja richtig, das schwere Ding ist mir aus der Hand gerutscht und am großen Zeh gelandet«, erinnert sich Fedder und verzieht das Gesicht.

»Jahaha, das war vielleicht ein lustiger Abend«, lacht Torben laut auf und schlägt sich auf die Schenkel.

Rieke beginnt plötzlich zu weinen und schlagartig sind alle wieder still.

»Nun, Knut Wilken ist richtig tot, und deshalb ersuche ich Sie alle, mit uns zu kooperieren.« Sophie sieht bei diesen Worten Ubba und Fedder Roeloff eindringlich an. »Wir benötigen Ihre Zustimmung, das Haus und den Garten durchsuchen zu dürfen.«

»Und wenn mir das nicht recht ist?«, beginnt Fedder, doch seine Frau fällt ihm sofort ins Wort.

»Natürlich stimmen wir zu. Knut war unser Freund und wir werden die Polizei selbstverständlich bei der Aufklärung dieses Verbrechens unterstützen.«

»Klar tun wir das, aber wozu müssen Sie deshalb unser Haus auseinandernehmen?«, will Fedder wissen.

»Wir suchen nach der Mordwaffe.«

»Die haben Sie doch längst«, trötet Torben lautstark dazwischen. »Ich habe selbst gesehen, wie das Messer eingetütet wurde. Das können Sie doch unmöglich wieder vergessen haben.«

»Es ist nicht die Tatwaffe. Es wurde nicht verwendet. Rieke Wilken hat ihren Mann damit nicht getötet.«

»Was? Nicht? Ach, du meine Güte«, tönt es nun durcheinander.

»Wer war's dann?«, will Ubba von Sophie wissen.

»Genau das werden wir herausfinden.«

»Wow . . .« Torben streicht sich fasziniert über seinen spiegelglatten Hinterkopf. »Dann haben wir dieses Mal einen echten Fall aufzuklären. Also, wenn es Rieke nicht war, dann würde ich persönlich auf Nadja tippen . . .«

»Bist du verrückt?«, fährt selbige hoch und boxt ihren Sitznachbarn in die Seite. »Was sollte ausgerechnet ich für einen Grund haben?«

»Unerfüllte Liebe vielleicht . . .«

»Wer sagt denn, dass die unerfüllt war?«, gibt Nadja zurück.

»Oho . . .«, beginnt Torben, doch weiter kommt er nicht, da Rieke plötzlich aufspringt und der Schwarzhaarigen über den Tisch hinweg ihre Fingernägel ins Gesicht schlägt.

»Du miese Schlampe!«

Jasper stemmt sich blitzartig aus seinem Stuhl hoch, um die beiden Frauen wieder zu trennen.

»Ich denke, es wird am besten sein, wenn du Frau Wilken nach Hause bringst«, erklärt Sophie ihrem Kollegen und ergänzt zu Rieke gewandt: »Sie sollten sich dringend ausruhen. Haben Sie jemanden, der sich um Sie kümmern kann?«

»Normalerweise mache ich das«, meint Ubba ein wenig tonlos. Nachdem niemand darauf reagiert, versucht Sophie es ein weiteres Mal.

»Eltern oder Geschwister vielleicht?«

»Meine Mama wohnt in Dagebüll«, erklärt Rieke nun emotionslos.

»Sehr gut, das ist ja nicht allzu weit weg«, befindet Jasper zufrieden. »Sie können gerne bei mir im Auto telefonieren.«

»Danke.« Rieke versucht sich an einem Lächeln, das ein wenig schief gerät und folgt ihm zaghaft zur Tür.

Sophie nimmt Torben Schluff ins Visier:

»Und was Sie betrifft – das mit der Aufklärung lassen Sie schön bleiben! Den Tod an Herrn Wilken aufzuklären ist unsere Sache. Ihre Mitwirkung beschränkt sich auf wahrheitsgemäße Aussagen. Und mit denen werden wir gleich morgen früh in aller Ausführlichkeit beginnen.«

7

»Bilde ich mir das ein, oder warst du heute stiller als sonst?«, fragt Sophie, während sie das Dienstauto über die dunkle Landstraße steuert.

Ihre Kollegin Svenja Tades, die zusammengekauert am Beifahrersitz hockt, zuckt bloß mit den Schultern.

»Jetzt sag schon, was los ist«, setzt Sophie nach.

»Ich habe mit Okko Schluss gemacht.«

»Wann?«

»Heute. Genau genommen vor fünf Minuten.«

»Aber da waren wir doch . . .«

»Ja, ich weiß. Ich hatte ihm ein Ultimatum gestellt. Und das ist eben abgelaufen.«

»Ach, Mist.«

Als Sophie am Ortsrand von Husum in Richtung Okkos Bio-Bauernhof abbiegen will, deutet Svenja geradeaus.

»Hier lang. Ich hab jetzt 'ne Wohnung.«

»So schnell?« Sophie sieht verdutzt zu ihrer Kollegin hinüber.

»Ja, eigentlich schon seit gestern. Meine älteste Schwester, Alma, hat mir für drei Monate ihre Bude überlassen, weil sie ein Praktikum in der Schweiz macht.«

»Oh ... wow ... du hast gar nichts gesagt.«

»Ich war ja bis gestern selbst noch unentschlossen.«

»Und was sagt Okko?«

»Er findet's schade.«

»Unglaublich, nun habt ihr euch tatsächlich wegen 'ner Heizungsanlage getrennt ....«

»Ja und nein. Ich bin der altersschwachen Heizung eigentlich dankbar.«

»Wieso das denn?«

»Besser, ich merke jetzt, wie Okko tickt, als später, wenn wir vielleicht Kinder haben.«

»Nun, wenn ein Baby unterwegs wäre, würde er vielleicht einlenken ....«

»Darum gehts gar nicht. Ich fühle mich in der Partnerschaft nicht vollwertig angenommen. Ich habe mehrmals angeboten, die verdammte Heizung auf meine Kosten modernisieren zu lassen. Immerhin hab ich einen eigenen Job, ein eigenes Einkommen, also will und kann ich auch einen Beitrag leisten. Aber nein, Okko verlangt von mir, dass ich seinen Stolz anerkenne, dass er – als Mann – so etwas von mir nicht annehmen kann. Und gleichzeitig bin ich – als Frau – die Zicke, die wegen der niedrigen Temperaturen jammert. Das ist doch bescheuert!« Frustriert zieht sie das Haarband von ihren langen blonden Haaren und schüttelt sich wie ein nasser Hund.

»Klar, wenn man es so sieht«, meint Sophie. »Ich dachte bloß, ihr würdet das bis zum Winter noch auf die Reihe bekommen.«

»Wir haben Anfang Oktober, es ist schon kalt in der Nacht und ich leide nicht an Alzheimer! Ich kann mich noch sehr gut an den letzten Winter erinnern. Ich weiß, dass mir ständig kalt war und wie sehr das auf meine Lebensfreude gedrückt hat. Mit mir kann man viel Spaß haben – aber nicht bei achtzehn Grad.«

»Da hast du recht«, stimmt Sophie nun zu. »Ich mags auch lieber warm. Wenn man ständig 'n dicken Pulli braucht, leidet auch das Liebesleben.«

»Und die Gesundheit, nicht zu vergessen. Drei Blasenentzündungen hatte ich letzten Winter. Diesen Winter werde ich mir meinen Arsch jedenfalls nicht abfrieren – nicht für Okko und auch für sonst niemanden!«, stellt Svenja klar und deutet auf ein hübsches rotes Backsteingebäude mit mehreren Balkonen.

»Hier kannst du anhalten.«

»Sieht aber nett aus«, kommentiert Sophie.

»Ist es auch. Almas Apartment hat bloß zwei Zimmer, aber es liegt genau unterm Dach, und einen kleinen Balkon gibt es auch. Kommst du noch auf einen Drink mit hoch?«

Sophie nickt, obwohl sie sich nach dem anstrengenden Tag schon auf ihr eigenes Zuhause freut, wo – wie jeden Abend – ein hungriger Kater auf sie wartet. Aber ihre Kollegin tut ihr leid. Eine Trennung ist nie leicht.

»Aber wirklich bloß einen, Otello maunzt sicher schon nach seinem Futter.«

* * *

»Gin Tonic?«, fragt Svenja.

»Gern.« Sophie sieht sich um. Die Wohnung ist auch

von innen sehr hübsch anzusehen. Die Küche geht ins Wohnzimmer über, sodass sich ein großer freundlicher Raum ergibt, der mit bequemen Möbeln ausgestattet ist. Als ihre Blicke über die Kunstdrucke an den Wänden streifen, ertönt das elektronische Möwengekreisch aus ihrer Handtasche, das einen Anruf meldet. Sie zieht ihr Handy heraus und ein Blick aufs Display verrät ihr, dass Taako dran ist.

»Hi Liebling«, flötet sie ins Telefon.

»Was macht dein neuer Fall?«

»Er ist ein wenig abstrus.«

»Abstrus?« Taako lacht. »Kommst du heute Nacht noch zu mir und erzählst mir davon?«

»Heute leider nicht mehr. Ich bin jetzt bei Svenja und fahr dann zu Otello nach Hause.«

»Okay, dann komme ich morgen früh zu dir und mache dir Frühstück.«

»Du bist ein Schatz. Ich liebe dich.« Sophie schmatzt einen Kuss ins Telefon, bevor sie auflegt und ihr Gin Tonic von Svenja entgegennimmt.

»Das kommt dir ja schon sehr leicht über die Lippen.«

»Stimmt.« Ein Lächeln breitet sich auf Sophies Gesicht aus. Ein halbes Jahr ist es nun schon her, dass sie sich in den gut aussehenden Feuerwehrkommandanten mit den breiten Schultern verguckt hat.

»Denkt ihr über Zusammenziehen nach?«, will Svenja nun wissen.

»Yep. Er mehr als ich.«

Das elektronische Möwengekreisch ertönt erneut und Sophie nimmt nochmals das Handy ans Ohr.

»Ja, Liebling?«

»Äh . . . Meerkatz?«, ertönt nun die Stimme ihres Vorgesetzten, Hauptkommissar Rüdiger Thomsen.

»Ja, sorry, Rüde. Mit dir habe ich gerade nicht gerechnet.«

»Solltest du aber, wenn wir einen neuen Mordfall haben«, kommt es ungewohnt gut gelaunt zurück.

»Stimmt, aber du bist im Urlaub. Flitterwochen, schon vergessen? Bis Montag, soweit ich weiß.«

»Weiß ich auch, aber wenn wir 'n Mord haben, komm ich logischerweise schon morgen ins Büro – auch wenn Sonntag ist. Wir sind ein Team und gemeinsam können wir mehr erreichen.«

»Äh . . . ja, klar.« Sophie legt auf und starrt Svenja entgeistert an. »Er sagte, *wir sind ein Team und gemeinsam können wir mehr erreichen!* Und er klang richtig freundlich . . .«

»Oha!« Svenja kichert. »Was so ein Liebesurlaub alles anrichten kann!«

»Mag sein«, murmelt Sophie. Drei Wochen auf Sansibar können offenbar Wunder bewirken, auch wenn die Hochzeit schon ein paar Wochen her ist. »Oder es hat ihn etwas gebissen? In Afrika gibt es eine Menge Tiere, die . . .«

»Wer ihn wohl über den neuen Fall informiert hat?«, unterbricht Svenja.

»Vermutlich die Buschtrommeln – auch bekannt als Dr. Aiko Emmermann und Sören Rijnders.«

»Ja, das wäre naheliegend«, lacht Svenja und hebt ihr Glas.

8

Der Alkohol, die Kränkung, die plötzlich aufgetauchten Hassgefühle und der Schock über den Tod ihres Mannes, dann die Handschellen, die Blicke ihrer Freunde, das schlechte Gewissen und die ernsten Mienen der Kripobeamten . . . so viele Eindrücke und so starke Emotionen in so kurzer Zeit – und nichts ergibt einen Sinn. Stattdessen fahren die Gedanken in ihrem Kopf Karussell. Wild und chaotisch krachen die einzelnen Szenen des Abends ineinander und lösen ständig wechselnde Gefühle aus.

Diese Gefühle sind unkontrollierbar – sie fahren mit ihr Achterbahn. Völlig hilflos stürzt sie jedes Mal aufs Neue in einen Abgrund, wenn sie Knuts tote Augen vor sich sieht.

Er war ihre große Liebe. Vom ersten Augenblick an, als er ihr begegnet ist. Sie wollte ihn, um jeden Preis, und sie hat ihn geheiratet, gegen alle Widerstände der Familie. Letztlich sollte ihr Vater recht behalten, das Vermögen, das sie mittlerweile geerbt hat, war wohl der wahre Grund seiner Zuneigung ihr gegenüber. Trotzdem blieb er trotz der bitteren Kinderlosigkeit an ihrer Seite und verzichtete auf ein Familienleben. Was machte da schon die sexuelle Untreue? Das war doch wirklich verzeihbar. Warum nur hat sie nicht mehr Verständnis aufgebracht für seine Bedürfnisse, als sie noch die Möglichkeit dazu hatte. Sie haben so viel Zeit mit unnötigem Zank vergeudet, Zeit, die sie als Paar hätten genießen können. Zeit, die nie wieder zurückkehren wird.

Die Tränen strömen nun ungehemmt und sie wälzt sich verzweifelt in ihren Kissen hin und her, als sie plötzlich ein Geräusch wahrnimmt, dass sie erschauern lässt: ein ganz besonderes Knacken. Dieses spezielle Knacken, das immer ertönt, wenn man die Treppe hochgeht und dabei auf die dritte Stufe steigt.

Ist jemand im Haus?
Sie hält den Atem an.
Ganz sicher hat sie sich getäuscht.
Doch was ist das?
Schritte?
Angespannt lauscht sie in die Dunkelheit.
Ja, das sind Schritte.
Jemand ist in ihrem Haus. *Aber warum?*

Angst steigt in ihr hoch und lässt sie erbeben. Leise kriecht sie aus ihrem Bett, nimmt ihr Handy vom Nachttisch und schleicht zur offenen Schlafzimmertür. Sie späht hinaus auf den breiten Flur. Knuts Arbeitszimmer liegt gegenüber und sie kann erkennen, dass die Tür einen Spalt offen steht.

Langsam und vorsichtig nähert sie sich, bis sie nah genug ist, um durch den Türspalt zu sehen.

Von der Straßenbeleuchtung fällt ein wenig Licht in den Raum und so kann sie eine Gestalt erkennen, die sich am Schreibtisch ihres verstorbenen Mannes zu schaffen macht. Eine männliche Gestalt.

Sie hält den Atem an. Ihre Augen gewöhnen sich an das schlechte Licht und so kann sie mehr und mehr Einzelheiten wahrnehmen. Die Glatze zum Beispiel. Ja, dieser Mann hat eindeutig eine Glatze.

Als ihr klar wird, dass der nächtliche Einbrecher kein Fremder ist, schaltet sie ihr Handy an und tippt eine Nachricht an ihre beste Freundin.

Doch plötzlich schreckt der ungebetene Gast hoch und starrt in ihre Richtung.

»Rieke?«

Verdammt. Der Schreck durchfährt ihre Glieder wie ein Blitz. Panisch steckt sie das Handy hinter die Kommode und hetzt zur Treppe. Immer zwei Stufen auf einmal nehmend stürmt sie hinunter, quer durch die Eingangshalle. Kurz vor der Haustür kippt sie mit dem linken Fuß um und schlägt der Länge nach hin. Der Schmerz schießt, ausgehend von ihrem Knöchel, durch den gesamten Körper. Sie rappelt sich hoch, beißt die Zähne zusammen und hinkt auf die Haustür zu.

Ihr Schlüssel steckt und die Tür ist von innen versperrt – genau so, wie es sein sollte.

Das erweist sich jetzt als Nachteil, denn während sie hektisch den Schlüssel herumdreht, schließt ihr Verfolger zu ihr auf.

»Rieke! Warte doch. Lass es mich erklären!«

Bei dem verzweifelten Versuch, die Tür aufzubekommen, splittert einer ihrer Fingernägel ab. Doch die Zeit reicht nicht aus, um zu flüchten. Zwei starke Männerarme umfassen sie und halten sie eisern fest.

Das Verbrechen wagen nur wenige;
mehr wollen es;
und alle dulden es

Tacitus

SONNTAG

9

Hauptkommissar Rüdiger Thomsen betritt gut gelaunt den Großraum der Husumer Kripo. Sein Hautton ist durch die sonnenbedingte Bräune deutlich dunkler, die Haare weisen ausgebleichte blonde Strähnen auf. Bis auf die grauen Schläfen natürlich, welche die gewohnte silbrige Farbe beibehalten haben. Seine Klamotten – ein knallbuntes Hawaii-Shirt und Bermudashorts – unterstützen ihn dabei, das Urlaubsfeeling ins Büro mitzubringen.

Erfreut stellt er fest, dass sein Team vollzählig anwesend ist und es auch nicht an frischem Kaffeeduft mangelt.

»Jambo!«

»Moin Chef«, erwidert Svenja lapidar, während Jasper die Begrüßung im Hals stecken bleibt.

»Was heißt *jambo*?«

»Moin, auf Afrikanisch.«

»Das kannst du jetzt auch?« Jaspers Irritation weicht höchstem Erstaunen. »Nach bloß drei Wochen?«

»Das Wichtigste auf jeden Fall«, bestätigt er ohne zu zögern und aalt sich in der Bewunderung des Jüngeren.

Die nougatbraunen Augen der Meerkatz mustern

ihn nun interessiert. »Und das wäre?«

»Hakuna Matata«, erklärt er selbstbewusst und nähert sich der Quelle des frischen Kaffeedufts.

»Das kenn ich auch«, erwidert Svenja unbeeindruckt. »Das heißt soviel wie *mach dir keine Sorgen*.«

»Ach echt?« Jasper bleibt nun der Mund offen stehen.

Svenja schüttelt belehrend den Kopf.

»Hast du nie König der Löwen geschaut?«

»Äh . . . nein.«

»Tja, Bildungslücke«, kommentiert sie und nippt missmutig an ihrem Kaffee. »Außerdem nennt man die Sprache nicht Afrikanisch, sondern Swahili. Weiß man alles, wenn man Kinderfernsehen guckt.«

»Aber . . .«, beginnt Jasper, doch Thomsen kehrt voller Elan und übers ganze Gesicht strahlend mit seinem randvollen Pott Kaffee zurück und unterbricht ihn sofort.

»Wir haben also einen neuen Toten!«

»Einen neuen Toten?« Sophie verzieht das Gesicht. Die afrikanische Sonne und Alkohol ohne Limit in einem All-Inclusive-Resort können offenbar tiefgreifende Spuren bei einem Frischverliebten hinterlassen.

»Knut Wilken wurde heimtückisch und brutal erwürgt«, stellt sie klar. »Mit einem Draht.«

»Fingerabdrücke?«, fragt Thomsen und es klingt beinahe melodisch.

»Wir haben die Mordwaffe noch nicht gefunden.«

»Nicht? Sören hat mir gerade eben auf dem Parkplatz das Gegenteil berichtet. Und auch, wie froh er ist, dass ich rechtzeitig wieder hier bin, um bei diesem Fall einzugreifen. Ist es wahr, Meerkatz, dass du die Täterin laufen hast lassen?«

Sophie starrt ihren Chef entgeistert an. Und das liegt nicht nur an dem Schwachsinn, den er von sich gibt, sondern auch daran, dass er sie dabei so entspannt und freundlich anlächelt.

»Äh . . . hat dich dein Freund Aiko nicht informiert?«

Thomsen zieht sein Handy aus der Jackentasche und wirft einen Blick darauf. *Zwei entgangene Anrufe von Dr. Aiko Emmermann* schreibt das Display.

»Glaubste das?«, lacht er laut heraus. »Da hab ich Drömel doch glatt vergessen, die Stummschaltung aufzuheben. Ich ruf ihn mal zurück.«

Svenja wartet noch, bis der Hauptkommissar in seinem Büro verschwunden ist und die Tür hinter sich zugezogen hat, um mit ihrer Vermutung herauszurücken.

»Wusstet ihr, dass es 'ne Studie gibt, die besagt, dass man im Urlaub an IQ verliert? Und zwar je länger er dauert, umso mehr!«

»Du bist richtig fies heute«, wundert sich Jasper. »Es ist doch schön, wenn er so glücklich ist. Billi und ich sind auch sehr . . .«

»Ich weiß«, stöhnt Svenja. »Du lässt schließlich keinen einzigen Tag aus, uns davon in Kenntnis zu setzen.«

»Aber . . .« Hilflos blickt er zu Sophie hinüber.

»Svenja und Okko haben sich getrennt«, erläutert jene trocken.

»Ach nee. Du Arme!« Jasper nimmt seine Kollegin und gleichzeitig beste Freundin impulsiv in den Arm und vor lauter Überraschung lässt Svenja ihre widerborstige Hülle fallen. Krokodilstränen kullern über ihre Wangen, während sie hemmungslos zu schluchzen beginnt.

Thomsens Bürotür fliegt wieder auf.

»Ich weiß jetzt alles«, ruft er in den Raum. »Der Tote wurde mit einem Draht erwürgt. Der hat ein wenig in den Hals geschnitten, sodass es bloß zu mäßigen Blutspuren gekommen ist. Die Halsschlagader wurde dabei nicht perforiert, sonst hätt' es 'ne Fontäne gegeben.«

Wie selbstverständlich reicht er Svenja ein Taschentuch. »Nimms nicht so schwer, der kommt schon noch zur Besinnung.«

»Die Maike hat es dir erzählt?«, schnieft Svenja ein wenig peinlich berührt. Die innige Freundschaft mit der Frau ihres Chefs hat eben auch ihre Nachteile.

»Muss sie gar nicht, wenn ihr stundenlang telefoniert. Ich krieg ja den Part mit, den sie spricht, und den Rest kann ich mir zusammenreimen. Auch mit urlaubsbedingter Intelligenzminderung.«

»Das hast du gehört?« Svenjas Kopf läuft nun rot an.

»Hakuna Matata«, lacht Thomsen und lässt sich mit einer Pobacke auf ihrem Schreibtisch nieder. »Also dann, meine Lieben, ab in die Vollen. Meerkatz, was meinst du, wer wars?«

»Woher soll ich das jetzt schon wissen? Wir stehen doch noch ganz am Anfang . . .«

»Klar, aber man wird ja wohl noch raten dürfen – nur so als Einstieg. Immerhin waren sie eine geschlossene Gruppe von sechs Personen. Nun sind sie bloß noch fünf. Die Auswahl an möglichen Tätern ist also beschränkt und wenn man dem Aiko Glauben schenkt, dann scheidet die kleine, dünne Ehefrau des Opfers am ehesten aus, weil sie wohl nicht kräftig genug für einen solchen Tötungsakt gewesen wäre.«

»Macht vier«, schlussfolgert Jasper.

Thomsen zeigt mit beiden Daumen nach oben. »Ein Schnelldenker ist bereits am Start.«

»Wenn das tatsächlich ein Kriterium ist, kommen die beiden anderen Frauen sehr wohl in Betracht«, überlegt Sophie. »Denn sowohl Ubba Roeloff als auch Nadja Melk sind groß und wirken ausgesprochen fit. Ebenso wie dieser Torben. Auch Fedder Roeloff könnte kräftig genug sein, wenngleich er nicht ganz so sportlich wirkt.«

»Motive?«, will Thomsen nun wissen und sein heiteres Grinsen passt so überhaupt nicht zur Thematik.

»Da müssen wir heute in den Vernehmungen ansetzen«, erwidert Sophie. »Bis jetzt wissen wir nur, dass das Opfer offenbar ein Verhältnis mit Nadja Melk hatte.«

»Nun denn, Meerkatz, dann legen wir mal los. Mit wem sprechen wir zuerst?«

»Mit den Gastgebern. Erst gemeinsam und dann getrennt.«

»Wäre es nicht klüger, sie zuerst getrennt zu befragen?«, bringt sich Jasper ein.

Doch Sophie winkt ab. »In diesem Fall nicht. Die hatten 'ne ganze Nacht lang Zeit, sich abzusprechen. Wenn sie zusammen sind, merke ich an ihrer Mimik, bei welchen Themen sie unsicher oder unterschiedlicher Meinung sind. Da kann ich dann nachhaken.«

Thomsen erhebt sich und klopft ihr anerkennend auf die Schulter, während er dem Jüngeren erklärt: »Von unserer Meerkatz kannst du noch 'ne Menge lernen.«

Sophie und Jasper blicken einander verblüfft an, bevor sie aufstehen und ihrem Chef folgen.

10

Das Haus oder vielmehr das Anwesen der Roeloffs sieht bei Tageslicht noch beeindruckender aus als bei Nacht. Das hohe Walmdach lässt das Gebäude edel wirken und die üppige Vegetation im Vorgarten schützt vor neugierigen Blicken.

Thomsen läutet und kurz darauf öffnet sich das Gartentor. Noch während die Ermittler die eleganten hellen Steinfliesen hochgehen, öffnet sich die Haustür und Jochen Rambert vom Spurensicherungsdienst winkt ihnen im weißen Schutzanzug zu.

»Wir haben 'ne Frühschicht eingelegt und sind jetzt hier fertig. Einen Draht, der möglicherweise als Mordwaffe verwendet wurde, haben wir nicht gefunden. Weder auf der Terrasse noch im Garten.«

»Und im Haus?«, will Thomsen wissen.

»Ein kleines Stück Draht im Haus? Da suchen wir Wochen, mal abgesehen davon, dass jeder von den Verdächtigen gestern damit in der Hosentasche hinausspaziert sein könnte. In ein Damenhandtäschchen hätte der auch hinein gepasst.«

»Hm«, macht Thomsen und mustert Ubba Roeloff, die hinter Rambert auftaucht. Sie begrüßt die

Kripobeamten, dem Anlass angemessen, in einem schwarzen Hosenanzug. Ihr Mann Fedder kommt in schwarzen Jeans und dunkelblauem Rollkragenpullover wie das personifizierte Understatement hinterher.

Sophie stellt ihren Vorgesetzten vor, der mit seinem gelb-orange-roten Hawaiihemd das Farbspektrum im Raum drastisch erweitert.

Sie werden in den Wintergarten geführt, wo unzählige exotische Pflanzen mit farbenfrohen Blüten bestens mit Thomsens Hemd harmonieren.

»Sieh einer an, eine Bananenpalme«, kommentiert er erfreut.

»Sie sind Hobbybotaniker?«, fragt der Hausherr höflich.

»Nein, aber ich komme gerade aus Sansibar. Dort gibt es die auch.«

»Ja richtig, die gedeihen wunderbar im Süden.«

No na, denkt Sophie, während sie ihr höfliches Lächeln beibehält. Nachdem alle an dem eleganten Eichentisch Platz genommen haben, stellt sie demonstrativ das Aufnahmegerät auf den Tisch.

Fedder beäugt es skeptisch.

»Sie zeichnen unsere Worte auf?«

»Ja. Das ist eine polizeiliche Vernehmung und keine Unterhaltung.«

»Brauchen wir einen Anwalt?«

»Wollen Sie gestehen?«

»Wie bitte?«

»Die Kollegin Meerkatz ist manchmal etwas schroff«, erläutert Thomsen gut gelaunt. »Derzeit liegt gegen Sie beide kein Verdacht vor, wenn man von den statistischen fünfundzwanzig Prozent absieht.«

»Was soll das nun wieder heißen?« Ubba blickt

zuerst den Hauptkommissar und dann ihren Mann beunruhigt an.

»Das war bloß der Mathematik geschuldet, da wir bis jetzt vier potenzielle Täter eruieren konnten. Hakuna Matata, machen Sie sich keine Sorgen.«

»Äh . . . aber Knut wurde auf unserer Terrasse ermordet. Das macht mir Sorgen. Um ehrlich zu sein, sogar große Angst«, stottert Ubba befremdet.

»Und Ihnen, macht es Ihnen auch Angst?«, hakt Thomsen nach und sieht den Hausherrn freundlich an. Fedder zuckt die Schultern und Sophie kann sehen, wie es in seinem Kopf rattert. Mit dieser Frage hat ihm der Rüde nicht viele Optionen gelassen. Wenn er *nein* sagt, macht er sich verdächtig, wenn er *ja* sagt, steht er vor seiner Frau als Weichei da.

»Nun ja, also Angst würde ich jetzt nicht sagen, aber klar, 'n mulmiges Gefühl habe ich auch. Immerhin hat jemand auf unserer Terrasse ein Leben ausgelöscht«, versucht er sich aus der Affäre zu ziehen.

»Und zwar jemand, mit dem Sie befreundet oder verheiratet sind«, ergänzt Thomsen, dessen unverwüstlich gute Laune bei Sophie bereits Aggressionen schürt.

Nachdem Fedder Roeloff nun mit verstörtem Gesichtsausdruck verstummt, zieht sie das Gespräch wieder an sich.

»Wir müssen klären, wo genau jeder von Ihnen zum Tatzeitpunkt war.«

»Das ist einfach«, erwidert Ubba. »Ich war im Schlafzimmer und habe eine andere Halskette angelegt.«

»Warum?«

»Weil gerade Zeit war.«

»Ich meine, warum haben Sie überhaupt die Kette gewechselt?«

»Weil mir einfiel, dass die andere noch besser zu meinem Outfit passen würde«, antwortet Ubba.

»Weil du deine Klunker gerne herzeigst«, korrigiert ihr Mann. »Und je mehr, desto lieber.«

»Nun, du schenkst sie mir ja nicht, damit sie im Tresor verrotten.«

»Natürlich nicht, Liebling«, lenkt Fedder lächelnd wieder ein.

»Außerdem wusste ich ja, dass nun auf der Terrasse der Mord passiert«, führt Ubba weiter aus. »Also nicht der echte – von dem wusste ich natürlich nichts. Aber wir waren ja mitten im Spiel.«

»Mhm, genau«, brummt Fedder. »Ich war der Kapitän, dieses Mal. Meine Frau hat mir sogar 'ne richtige Uniform besorgt, die war echt schick. Also, ich war im Rauchersalon, zuerst mit . . .«

»Im Rauchersalon?«, unterbricht Sophie fragend.

»Ja, wir haben einen Raum, in dem man Zigarren rauchen darf, den nennen wir so. Dort lagern auch unsere Whiskeyvorräte.«

»Den möchte ich zu gern mal sehen«, wirft Thomsen mit strahlendem Lächeln ein. »Ich bin ebenfalls ein großer Whiskeyfan.«

Sophie beißt die Zähne aufeinander. Das war ja sowas von klar.

»Moment«, sagt sie, als der Hausherr Anstalten macht, sich zu erheben, um der Bitte des Hauptkommissars nachzukommen. »Lassen Sie uns erst die Befragung hier zu Ende bringen. War noch jemand mit Ihnen in diesem Raum?«

»Ja, Torben und Knut, doch kurz vor neun läutete

Torbens Handy und er ging hinaus, um ungestört zu telefonieren. Knut entschuldigte sich daraufhin ebenfalls, mit der Bemerkung, ein wenig frische Luft schnappen zu wollen.«

»Und Sie?«, will Thomsen wissen.

»Nachdem meine Anweisungen lauteten, dass ich mich um einundzwanzig Uhr in diesem Raum aufhalten sollte, bin ich dort geblieben und habe mir noch einen Whiskey genehmigt.«

Thomsen lächelt bei dieser Antwort auf eine so sonnige Art, dass Sophie zur Überzeugung gelangt, dass ihr Chef es in der Rolle des Kapitäns ganz genauso gehandhabt hätte.

»Und dann?«

»Dann gab es einen Schrei.«

»Mehrere«, korrigiert Ubba. »Rieke schrie ohne Ende.«

»Sie haben gleich an der Stimme erkannt, dass es Rieke Wilken war?«

»Nein.« Ubba schüttelt vehement den Kopf. »Eigentlich dachte ich erst, es wäre Nadja. Denn laut Drehbuch hätte Nadja den Toten finden sollen. Rieke sollte sich längst irgendwo im Haus versteckt halten. Deshalb war ich überrascht, als ich sie über ihren Mann gebeugt vorfand. Sie ging auch gar nicht zimperlich mit ihm um. Sie rüttelte heftig an ihm, während sie schrie. Wir konnten sie nur schwer von ihm losmachen.«

»Stimmt, sie hat sich voll an ihn geklammert«, erinnert sich Fedder. »Und sie wehrte sich gegen uns. Da, sehen Sie mal, hier hat sie mich mit einem Fingernagel verletzt.«

Er schiebt den linken Ärmel seines Pullovers hoch und präsentiert einen daumenlangen Kratzer auf dem

Unterarm.

»Mit vereinten Kräften haben wir sie von Knut weggezerrt, und dann begriffen wir erst, dass er tot war«, schildert Ubba ausführlich. »Da dachte ich, es zieht mir den Boden unter den Füßen weg.«

»Ja. Dachte ich auch.« Wie zur Bestätigung verschränkt Fedder die Arme.

»Dachtest du auch?«, fragt Ubba verblüfft. »Du hast dich doch sofort auf ihn gestürzt und wie ein Wilder mit der Herzdruckmassage begonnen.«

Roeloff verzieht nun ein wenig das Gesicht, als ob ihm die Sache peinlich wäre. »Ich meinte das im übertragenen Sinn. Emotional. In dem Moment wollte ich einfach mit aller Kraft versuchen, ihm das Leben wieder einzuhauchen . . . .«

»Sie sind also beide sehr erschrocken, als Sie feststellten, dass Knut tot war«, fasst Sophie zusammen.

»Das hast du schön gesagt«, lobt Thomsen begeistert und erhebt sich. Er fixiert nun den Rollkragenpulliträger mit einem eindringlichen Blick. »Wenn Sie nun so freundlich wären, mir besagten Rauchersalon zu zeigen . . .«

11

Sophie bleibt mit Ubba Roeloff allein im Wintergarten zurück.

»Mal so unter uns«, nützt sie ihre Chance. »Was lief da zwischen Knut Wilken und Nadja Melk?«

Ubba lässt sich Zeit mit der Antwort. Sie steht auf und zupft hier und da ein welkes Blatt von den Pflanzen.

»'Ne Affäre«, meint sie dann.

»Bloß so 'n Sexding oder mehr 'ne Liebesromanze?«

»Vielleicht beides?« Ubba reißt immer mehr und immer grünere Blätter aus.

»Sie meinen von seiner Seite bloß ein sexuelles Abenteuer und von ihrer tiefere Gefühle?«

Knack. Nun hat Ubba einen ganzen Trieb abgebrochen. Ein vorwurfsvoller Blick über den Brillenrand trifft Sophie.

»Ich fühle mich gar nicht wohl, wenn Sie mich so ausfragen. Immerhin handelt es sich um langjährige Freunde von mir.«

»Das versteh ich gut, aber es ist nun mal mein Job, alles über diese Personen herauszufinden. Jemand hatte schließlich einen Grund, Knut Wilken zu töten.«

»Nun, Nadja jedenfalls nicht. Sie wird nun keinen teuren Schmuck und keine Designerkleider mehr bekommen, und erben wird sie erst recht nichts.«

»Das wissen Sie? Ich meine, Knut könnte ihr ja eine hübsche Summe vermacht haben.«

»Nee, könnte er nicht. Er war zwar immer flüssig, aber das gesamte Vermögen der beiden gehört Rieke allein. Die Liegenschaften, die Aktien, sogar die Autos. Alles ihres. Nadja hätte sich mit dem Mord bloß selbst ins Knie geschossen.«

»Wenn ich Sie richtig verstehe, denken Sie, Rieke hätte eher ein Motiv gehabt?«

»Das habe ich nicht gesagt, nur dass er sie in den letzten Jahren nicht gut behandelt hat. Er hat sie spüren lassen, dass ihre Zeit als begehrenswerte Frau abgelaufen ist. Es war demütigend für sie, dass er Nadja so offen nachgestiegen ist.«

»Und Torben Schluff? Hatte der ein Motiv?«

Ubba zuckt nun mit den Schultern. »Keine Ahnung. In letzter Zeit war das Verhältnis zwischen ihm und Knut irgendwie angespannt, aber dazu kann Ihnen mein Mann sicher mehr sagen.«

* * *

Hauptkommissar Thomsen lässt seine Blicke über die Regale mit den Whiskeyflaschen schweifen.

»Eine erlesene Auswahl haben Sie hier.«

»Ja.« Fedder Roeloff nickt huldvoll, macht jedoch keine Anstalten, seinem Gast einen exquisiten Tropfen anzubieten.

»Haben Sie Knut Wilken gemocht?«, fragt Thomsen freundlich.

»Natürlich. Er war unser Freund.«
»Wie haben Sie sich kennengelernt?«
»Über Rieke. Sie ist schon seit der Schulzeit mit Ubba befreundet und als die beiden zusammenkamen, hat sie ihn in den Freundeskreis hineingebracht.«
»Wann war das?«
»Gute Frage, wie lange ist das her? Sicher schon fünfzehn Jahre.«
»Halten Sie es für möglich, dass sie ihren Mann mit einer Drahtschlinge erwürgt hat?«
»Ich halte keinen von unseren Freunden für fähig, eine so schreckliche Tat zu begehen.«
»Nun, die Fakten sprechen eine andere Sprache.«
Nach dieser Belehrung seitens des Hauptkommissars, wenngleich höflich vorgebracht, verschränkt der Hausherr die Arme und versinkt in Schweigen.
»Wie ist denn diese Villa gesichert? Gibt es noch andere Möglichkeiten als durch den Haupteingang ins Gebäude oder in den Garten zu gelangen?«
»Schon. Es verläuft ein Zaun rund ums Haus, den haben Sie vermutlich schon gesehen. Am Ende des Gartens ist ein Tor im Zaun. Ein Doppelflügeltor, sodass man von dem dahinter liegenden Feldweg mit einem Fahrzeug auf den Grund fahren kann. Der Gärtner macht davon Gebrauch.«
»War dieses Tor gestern auch offen?«
»Natürlich nicht, das ist immer mit einem Schloss versperrt. Schließlich wollen wir keine ungebetenen Gäste, die sich übers Feld hereinschleichen.«
»Haben Sie Videokameras, die Ihre Eingänge sichern?«
»Nein. Wir haben keinerlei Kameras am

Grundstück. Wir haben ja auch kaum Wertgegenstände im Haus – abgesehen von Ubbas Schmuck. Es gibt schließlich Bankschließfächer, um Dinge gesichert aufzubewahren.«

»Ich verstehe.« Thomsen beäugt sehnsüchtig das Glas Whiskey, das sich der Hausherr nun einschenkt.

Roeloff scheint seinen Blick zu bemerken.

»Schade für Sie, dass Sie im Dienst nicht trinken dürfen«, meint er und führt genüsslich sein Glas an die Lippen.

Thomsen behält sein sonniges Lächeln bei, doch sein Tonfall wird nun eine Spur härter.

»Sie müssen Ihren Genuss leider auch auf später verschieben, weil es unvermeidlich ist, dass Sie mich auf die Polizeistation begleiten. Wir müssen dort alles genauestens protokollieren.«

12

»Warum hast du die Roeloffs mitgenommen?«, flüstert Sophie ihrem Chef zu, als sie zu viert im Auto Richtung Polizeiinspektion unterwegs sind.

»Er kam mir plötzlich verdächtig vor«, flüstert Thomsen zurück.

»Ach ja? Wieso denn?«

»Mensch, Meerkatz, können wir das nicht später klären? Ich brauch jetzt dringend 'n Kaffee.«

* * *

Jasper und Svenja sind bereits anwesend, als Thomsen und Sophie den Großraum betreten.

»Jambo!«, ruft der Hauptkommissar erfreut, als er am Duft erkennt, dass es frischen Kaffee gibt, und steuert sofort die Personalküche an.

Sophie setzt sich zu Svenja an den Schreibtisch.

»Was hat die Befragung der Nachbarn ergeben?«

»Nichts«, antwortet Jasper anstelle seiner Kollegin und gesellt sich zu ihnen. »Die waren nicht daheim.«

»Bis auf einen Uraltbewohner. Der war so verwirrt, der wusste nicht mal, welcher Tag heute ist. Sein Pfleger tauchte dann auf, noch während wir mit ihm sprachen, aber der hat auch nichts mitbekommen. Weil er bloß tagsüber dort ist, der Mord jedoch spät abends geschah. Und bei euch?«

»Dieser Fedder kommt mir verdächtig vor«, ruft Thomsen aus der Küche und taucht kurz darauf mit einer dampfenden Tasse Kaffee im Großraum auf.

»Ja? Wieso das denn?«, fragt nun auch Svenja.

»Ist so 'n Gefühl. Ich denke, da gibt es Ungereimtheiten zwischen ihm und dem Toten.«

»Ungereimtheiten?«

»Ja, ich denke, dass er uns etwas verschweigt. Vielleicht kann uns ja dieser Torben sagen, was es ist.«

»Oder Rieke oder Nadja«, geht Jasper die Liste durch.

»Hast du alle für heute zur Befragung vorgeladen?«, will Thomsen wissen.

»Ja. Torben Schluff und Nadja Melk sind bereits hier. Sie warten in getrennten Räumen. Rieke Wilken fehlt noch, sie verspätet sich offenbar.«

»Macht nichts. Wir nehmen uns die Leute ohnehin einzeln vor. Meerkatz, du wirst den Herrn Schluff ausquetschen, während ich die Frau Melk übernehme.«

»Warum wundert mich das nicht?«, erwidert Sophie und beantwortet das strahlende Lächeln ihres Chefs mit einem schiefen Grinsen.

»Okay, okay.« Thomsen dreht theatralisch seine Handflächen nach oben. »Dann eben umgekehrt.«

13

Der Mann mit der Glatze, der im Vernehmungsraum auf ihn wartet, ist Thomsen gleich sympathischer als der rollkragenpullitragende, knausrige Whiskeyliebhaber mit der John-Lennon-Brille.

»Moin Herr Schluff, wie war die Nacht?«

»Ziemlich schlaflos. Sie glauben ja gar nicht, was einem alles so im Kopp rumgeht, wenn ein langjähriger Freund plötzlich ermordet wird. Und dann noch so hautnah.«

»War er nur ein Freund oder auch ein Geschäftspartner?«, hakt Thomsen gleich ein.

»Beides. Knut hat immer wieder mal in mein Unternehmen investiert.«

»Er selbst oder seine Frau? Soweit wir bis jetzt wissen, gehört so gut wie alles ihr.«

»Stimmt. Wenn man es so sieht, kamen seine Investitionen aus ihrer Vermögenssphäre.«

Vermögenssphäre. Das muss ich mir merken, denkt Thomsen, der nicht einmal den Versuch unternimmt, sein sonniges Grinsen zu unterdrücken. Damit wird er heute Abend Maike beeindrucken.

»Und welcher Art ist Ihr Unternehmen?«, setzt er

seine Befragung fort.

»Ich bin auf Anlageberatung spezialisiert. Sie wissen schon, alles von Aktien bis Immobilien«, lacht Schluff.

Thomsen lacht aus Sympathie mit.

»So, und jetzt kommen wir mal auf 'n Punkt«, sagt er plötzlich und schlägt mit der flachen Hand auf den Tisch, sodass sein Gesprächspartner sichtlich zusammenzuckt. »Wenn Sie kein Mörder sind, dann sagen Sie mir doch, was der Fedder Roeloff gegen den Herrn Wilken hatte.«

»Äh...«

»Ich weiß, zwischen den beiden passte etwas nicht, und Sie müssen mir hier die Wahrheit sagen.«

»Na schön, so ein Geheimnis ist es ja auch wieder nicht. Fedder hatte mal etwas mit Rieke.«

»Ach, sieh einer an«, brummt Thomsen, der dem langweilig wirkenden Roeloff eine Affäre nicht zugetraut hätte. »Und das war aktuell?«

»Nee, ich denke, das war schon seit Monaten wieder beendet, es gab allerdings noch ein paar Nachwehen in Form von Spannungen zwischen Fedder und Knut.«

»Und seine Frau? Wie hat die drauf reagiert?«

»Ubba? Gar nicht. Sie wusste es nicht. Sie hat immer alles von Rieke oder Nadja erfahren, aber Rieke verschwieg es ihr aus gutem Grund, und Nadja hatte keine Ahnung. Knut wusste es auch bloß, weil er die beiden einmal erwischt hatte, aber er hat es nicht weitererzählt.«

»Woher wissen Sie es dann?«

»Rieke hat sich immer wieder mal bei mir ausgeweint. Wegen Knut und Nadja hauptsächlich. Da hat sie mir ihren eigenen Fehltritt auch gestanden. So hat sie es genannt und sie hat auch meinen Rat

eingeholt, wie sie es am besten beenden könnte.«
»Wann war das?«
»Vor ungefähr zwei Monaten.«
»Und wieso sollte Fedder den Knut jetzt umbringen?«, fragt Thomsen so ins Blaue.
Torben Schluff zuckt mit den Schultern. »Um Rieke trösten zu können? Ihr wieder nahezukommen? Oder vielleicht . . .«
»Was vielleicht?«
»Vielleicht hat Knut ihn in irgendeiner Form erpresst, mit der Drohung, es Ubba zu erzählen?«

* * *

Sophie beobachtet die herausgeputzte Frau mit den schwarzen Haaren aufmerksam. Geld und Schmuck bedeuten ihr viel. Sie trägt heute ein grellgelbes Markenkostüm und hat beinahe jeden freien Zentimeter Haut mit Schmuck zugepflastert. Die Halsketten, Armreifen und Ringe übersteigen mit Sicherheit Sophies Jahreseinkommen.
»Die Rieke ist in Wahrheit eine heimliche kleine Schlampe, sie tut bloß immer so unschuldig.« Nadja Melk streicht sich wie zur Bestätigung über das dichte, mit viel Haarspray gebändigte Haar und sieht Jasper mit treuherzigen Augen an.
»Aha«, meint jener ein wenig verlegen und notiert sich das.
»Wie kommen Sie zu dieser Behauptung?«, will Sophie wissen.
»Einfach so, weil sie immer auf Opfertyp macht,

aber letztlich alles bekommt, was sie will.«

»Sprechen Sie jetzt von Knut?«

»Auch. Rieke bekommt immer, was sie will. Das war schon so, als wir noch Kinder waren, und das hat sich nie geändert.«

»Und Ubbas beste Freundin war sie auch«, behauptet Sophie ins Blaue.

»Woher wissen Sie das? Von Ubba?« Die Kränkung steht Nadja ins Gesicht geschrieben.

Sophie zuckt bloß mit den Schultern. »Denken Sie wirklich, Rieke wollte auf diese Weise ihren Mann loswerden? Der Leichenbeschauer meinte, man muss sehr viel Kraft aufwenden, um eine Person auf diese Art zu töten. Und Rieke ist doch wohl eher zarterer Natur.«

»Das würde ich ohnehin mal hinterfragen, ich meine, wie viel Kraft man dafür braucht. Und ob der Leichenbeschauer das überhaupt beurteilen kann, bezweifle ich auch. Ich kenn mich mit Männern aus, die meisten geben bloß vor, viel zu wissen, aber der Großteil von allem, was sie von sich geben, ist reiner Bluff«, echauffiert sich Nadja. »Ich weiß, dass Rieke stark ist. Stärker, als sie aussieht. Die geht dreimal in der Woche ins Fitnesscenter. Mit Gewichtheben.«

Vor lauter Verblüffung vergisst Jasper auf seine Notizen.

Sophie stupst ihn an.

»Kommen wir noch einmal auf den gestrigen Abend zurück. Wo waren Sie, als die Leiche entdeckt wurde?«

»Ich sollte mich um einundzwanzig Uhr auf die Toilette begeben, mich dort ein paar Minuten aufhalten und dann auf die Terrasse gehen. Als ich mein Make-up auffrischte, hörte ich plötzlich die Schreie. Die waren unheimlich. So grauenhaft, dass ich nicht sicher war, ob sie überhaupt menschlich waren. Ich schnappte meine Sachen und lief los. Im Flur stieß ich mit Ubba zusammen und so kamen wir gleichzeitig auf der Terrasse an. Dort sahen wir sie dann. Rieke, meine ich. Wie sie an Knut herumrüttelte. Da wusste ich noch nicht, dass er tot war.«

Nun füllen sich ihre Augen mit Tränen.

»Ich stand da wie erstarrt, als Ubba und Fedder versuchten, sie von ihm wegzuziehen. Sie wehrte sich, schrie und klammerte. Und dann hörte ich zwischen Riekes Schreien Ubbas Stimme heraus. Sie rief *Oh mein Gott. Er ist tot. Fedder, er ist tot.* Ihr Mann wollte es gar nicht glauben und begann mit einer Herzdruckmassage. Ich wollte ebenfalls helfen, musste aber plötzlich dringend auf Toilette, um mich zu übergeben. Als ich wieder kam, saß Fedder erschöpft neben Knut am Boden und Ubba telefonierte mit der Rettung.«

Nachdem das Wiedererleben dieser Szene ihrer Gesprächspartnerin offenbar zusetzt, hält Sophie eine kurze Auszeit für sinnvoll. Eine Pause würde ihnen allen guttun.

»Wir unterbrechen jetzt für ein paar Minuten«, sagt sie und steht auf.

»Muss ich hierbleiben?«

»Nein. Es gibt einen Kaffeeautomaten neben dem Fahrstuhl im ersten Stock, da können Sie sich gerne versorgen. Wir kommen in fünfzehn Minuten wieder.«

14

Zurück im Großraum, huscht Sophie sofort zur Kaffeemaschine, während Jasper sich auf dem Besucherstuhl von Svenjas Schreibtisch niederlässt.
»Wie lief die Vernehmung?«, will Svenja wissen.
»Recht gut«, erwidert Jasper und zieht sich die Schuhe aus.
»Was heißt recht gut . . . und überhaupt, was machst du da?« Sie verzieht das Gesicht, als die Füße ihres Kollegen beginnen, ein wenig Odeur zu verströmen.
»Die tun mir seit Tagen weh.« Er hält sie hoch, um sie besser betrachten zu können. »Denkst du, sie sind geschwollen?«
»Mensch Jasper, deine Freundin ist schwanger und nicht du«, stöhnt Svenja.
»Das stimmt so nicht ganz. Manche Ärzte sagen auch, man ist als Paar schwanger. Für einen Mann ist eine Schwangerschaft auch nicht leicht. Ich zum Beispiel habe schon fünf Kilo zugenommen.«
»Ja, weil du ständig Fischbrötchen futterst, und zwar mindestens zwei am Tag. Deshalb siehst du aus wie im siebten Monat.«
Als Sophie mit ihrem vollen Pott aus der

Personalküche zurückkehrt, blickt Jasper gerade auf die Uhr.

»Meint ihr, ich schaffe es noch rechtzeitig bis zum Hafen und wieder zurück?«

Sophie zieht die Augenbrauen hoch.

»Und dann was? Willst du deine Fischbrötchen während der Vernehmung essen?«

»Na, wenn die Svenja mir so 'nen Appetit drauf macht...«, mault er ein wenig beschämt.

»Ist Rieke Wilken mittlerweile eingetroffen?«, bringt Sophie die Unterhaltung wieder auf dienstliche Belange.

Svenja schüttelt den Kopf. »Bis jetzt nicht. Ich hab schon zwei Mal bei ihr angerufen, aber sie geht nicht ran.«

»Das ist seltsam«, meint Jasper. »Sie hat gestern, als ich sie heimfuhr, noch mit ihrer Mutti telefoniert. Die wollte heute kommen, um ihr beizustehen.«

»Warum nicht schon gestern?«, will Sophie wissen.

»Keine Ahnung, das hat sie nicht gesagt.«

»Soll ich 'ne Streife hinschicken?«, fragt Svenja genau in dem Moment, als ihr Telefon zu läuten beginnt. Sie zieht eine Grimasse und nimmt das Gespräch an.

»Tades? Ach ja? Ein netter junger Mann? Klar, stellen Sie die Frau durch.«

Sie legt die Hand auf den Hörer. »Wenn man von der Sonne spricht... Marta von der Zentrale hat eine Dame in der Leitung, deren Tochter gestern von einem netten jungen Mann heimgefahren wurde. Helga Kühn heißt sie, und sie ist die Mutter von Rieke Wilken...«

»Ja, Frau Kühn? Ach... da haben Sie recht, das ist merkwürdig. Ich schicke Ihnen sofort 'ne Streife.«

»Was ist los?«, will Sophie wissen.

»Rieke Wilken ist verschwunden. Sie hebt ihr

Telefon nicht ab und ist offenbar nicht zu Hause – jedenfalls öffnet sie ihrer Mutter nicht.«

»Ist das so?« In Sophies Kopf schrillen sofort die Alarmglocken. »Sie erscheint nicht zur Befragung, ist nicht zu Hause und geht nicht an ihr Handy – los Jasper, steck deine Waffe ein, wir fahren selbst hin! Svenja, du informierst den Rüden, vertröstest Nadja Melk und hältst hier alles Weitere am Laufen.«

»Na klar«, mault selbige und trippelt frustriert mit den Fingern auf die Tischplatte. »Und in all der Aufregung rundherum komm ich noch um vor Langeweile.«

* * *

Vor dem geschwungenen und romantisch verschnörkelten Gartentor aus Schmiedeeisen tritt eine ältere Frau um die sechzig nervös von einem Bein auf das andere. Der Dutt, der ihr langes silbergraues Haar bändigt, wippt gleichermaßen auf und ab.

Sophie parkt das Dienstauto genau vor dem Tor und winkt zur Begrüßung.

»Sind Sie Rieke Wilkens Mutter?«

»Ja. Helga Kühn.«

Sophie schüttelt die dargebotene Hand, die sich kühl und zittrig anfühlt.

»Ich versteh das nicht. Ich hätte gestern Abend schon kommen sollen – aber ich sehe nicht mehr so gut und traue mich nicht, in der Dunkelheit zu fahren. Seit dem frühen Morgen schon versuche ich, meine Tochter zu erreichen, aber sie hebt nicht ab. Und jetzt reagiert sie nicht auf mein Läuten.«

Verzweifelt deutet Frau Kühn auf die Gegensprechanlage, über der eine Videokamera thront. Jasper steht bereits davor und winkt mit beiden Armen hinein. Es wirkt so lächerlich, dass Sophie beinahe lachen muss.

»Mensch, Jasper«, flüstert sie, während sie ihm einen sanften Stoß in die Seite versetzt. »Ruf lieber 'n Schlosser.«

Augenblicklich zeichnet sich eine Röte auf seinem Gesicht ab, und er beeilt sich, sein Handy aus der Jackentasche zu fummeln.

In der Zeit, die es braucht, bis der angeforderte Fachmann vor Ort eintrifft, erfährt Sophie Rieke Wilkens gesamte Lebensgeschichte. Von den Einschlafritualen der Kindheit über die Ballettkünste im Schulalter bis zu ihren glanzvollen Abschlüssen an namhaften Universitäten im In- und Ausland.

»Und dann heiratet sie Knut Wilken«, erklärt Frau Kühn gerade mit einem Ausdruck in der Stimme, als ob sie diese Entscheidung nach all den Jahren immer noch nicht fassen könnte.

Sophie beschränkt sich darauf, emphatisch zu nicken und unauffällig den Bemühungen des Schlossers zu folgen. Jasper lässt seiner Neugier freien Lauf und steht mit langem Hals und vorgerecktem Kopf neben dem Handwerker.

»Ich vermute ja, ihr Vater ist vor Gram darüber gestorben . . .«, teilt Frau Kühn weiter ihre Gedanken mit.

»Endlich!«, freut sich Sophie.

»Wie bitte?« In den Augen ihrer Gesprächspartnerin

blitzt Empörung auf.

»Was? Nein, ich wollte sagen, das Tor ist offen.«

Sophie deutet auf den Schlosser und ihren Kollegen, die bereits dabei sind, die Flügel weit zu öffnen.

»Jasper, fahr den Wagen hinein, wir gehen schon mal vor.«

Doch auch an der Haustür reagiert niemand auf ihr Klopfen.

»Vielleicht ist sie auf der Terrasse hinterm Haus?«, schlägt Frau Kühn zaghaft vor.

»Wir sehen nach.«

Sophie geht mit forschen Schritten um das Haus herum und stellt dabei fest, wie groß es ist. Doch kaum setzt sie einen Schritt auf die Terrasse, stoppt sie so abrupt, dass Riekes Mutter aufläuft.

»Was ist?«, flüstert die alte Dame zutiefst erschrocken.

»Die Terrassentür ist offen. Hier stimmt etwas nicht. Sie warten hier.«

»Aber . . .«

»Kein *aber*, wenn Sie sich einer polizeilichen Anordnung widersetzen, machen Sie sich strafbar. Jasper, fordere Verstärkung an. Ich geh mal rein.«

Sie nimmt ihre Waffe aus dem Holster, entsichert sie und pirscht sich an die offene Tür heran.

Jasper, der mit dem Handy am Ohr auf die Verbindung wartet, reagiert gerade noch rechtzeitig, um Helga Kühn aufzufangen, die plötzlich wie ein Stück Holz umfällt.

Das Wohnzimmer, das von den Ausmaßen her einem Ballsaal gleicht, ist wie eine Hotellobby dekoriert.

Riesige Pflanzen, Gemälde und Skulpturen bringen die eleganten Sitzgelegenheiten perfekt zur Geltung. Alles wirkt hell, harmonisch und sauber. Nichts deutet auf einen Kampf oder ein anderes Problem hin – bis Sophie das Bein entdeckt.

Ein dünnes zartes Frauenbein, nackt, mit rot lackierten Zehennägeln, guckt hinter der Bar hervor.

Sophie greift bereits zum Handy, noch bevor sie den Rest des Körpers sehen kann.

»Svenja? Bleib dran.«

Sie umrundet die Bar und erkennt zweifelsfrei, dass es sich bei dem leblosen Körper, der dort ein wenig verdreht am Boden liegt, um die gesuchte Rieke handelt. Die Augen sind weit offen, der Blick starr und gebrochen, der Morgenmantel, der ihren nackten Körper notdürftig verhüllt, hochgerutscht. Die Gliedmaßen wirken bereits steif, wobei ihr bei einem Knöchel eine deutliche Schwellung auffällt.

»Svenja? Rieke Wilken liegt tot in ihrem Wohnzimmer. Schick mir das übliche Geschwader.«

»Oh wow! Was ist das für 'ne Kacke? Rettung auch?«

Sophie betrachtet mit Bedauern die toten Augen der Verstorbenen und legt zwei Finger an den Hals der Frau. Genau an die Stelle, wo das Blut pulsieren müsste.

»Nee, kannste weglassen.«

»Doch«, ruft Jasper, der soeben den Wohnraum betritt, »'nen Arzt brauchen wir auch. Ihre Mutti ist soeben aus 'n Latschen gekippt.«

15

Nachdem die Ermittler das Anwesen durchsucht und für sicher befunden haben, zieht Sophie sich Schützer über die Schuhe und betrachtet Raum für Raum alle möglichen Details, die in irgendeiner Form Aufschluss darüber geben könnten, was eigentlich passiert ist.

Riekes toter Körper hat ihr bereits einiges verraten. Es gibt kein Blut. Auch keine anderen Hinweise auf Gewalt. Insbesondere keine verräterischen Spuren am Hals, die von einem Draht stammen könnten.

Stattdessen Erbrochenes, das aus dem Mund gelaufen ist. Vor ihrer Zeit in Husum, als sie für die Kripo in Berlin tätig war, hat sie etliche solche Leichen gesehen. Drogenopfer. Klassische Überdosis.

Doch Rieke war kein Junkie. Weder ihre Arme noch ihre Beine waren durch regelmäßigen Konsum zerstochen. Lediglich ein einzelner – frischer – Einstich findet sich in ihrer linken Armbeuge. Das Absuchen des Bodens im Wohnraum bleibt jedoch ergebnislos. Weder eine Spritze noch Reste von injizierbaren Substanzen liegen auf dem exklusiven Eichenboden.

Auch der restliche Raum weist keine Auffälligkeiten auf. Erst im oberen Stockwerk, konkret im Flur, wird sie fündig. Hinter einer Kommode entdeckt sie ein modernes weißes Mobiltelefon. Sie zieht sich Einmalhandschuhe über, bevor sie es an sich nimmt.

Nun präsentiert sie das gute Stück Riekes Mutter, die dank ärztlicher Fürsorge ihr Bewusstsein wiedererlangt hat und gut betreut auf der Krankentrage liegt, um sich zu erholen.

»Gehört dieses Handy Ihrer Tochter?«

»Ja. Woher...?«

»Wissen Sie den Code?«

»Ich denke schon, sie hat dafür immer ihre Geburtsdaten verwendet... 1206.«

»Danke.«

Sophie entfernt sich rasch, um die Fragen der besorgten Mutter nicht sofort beantworten zu müssen. Nachdem jene gesundheitlich beeinträchtigt ist, soll sie sich zuerst kreislaufmäßig stabilisieren, bevor sie vom Tod ihrer Tochter erfährt.

Sophie hält Ausschau nach Jasper und winkt ihn heran.

»Du kümmerst dich um Frau Kühn. Wenn sie wieder fit ist, muss sie erfahren, was passiert ist«.

Er nickt und Sophie widmet sich wieder dem Smartphone der Toten. Sie tippt den Code ein und der Startbildschirm erscheint. Als Erstes checkt sie, ob Apps geöffnet sind. Tatsächlich ist dies bei WhatsApp der Fall und sie stößt auf eine Nachricht im Entwurfsstadium. Offenbar war Rieke gerade dabei gewesen, Ubba zu schreiben, als etwas passierte, das sie veranlasste, ihr Handy hinter der Kommode zu verstecken.

Der Text ist mehr als aufschlussreich und Sophie greift zu ihrem eigenen Handy, um ihren Vorgesetzten zu informieren, als sie dessen lautes Organ aus dem Wohnraum dröhnen hört.

»Jambo!«

Sie verdreht innerlich die Augen bis zur Decke, während sie die Treppe hinuntereilt.

»Moin allerseits.« Diese Stimme gehört Aiko Emmermann und so ist sie nicht überrascht, als sie den Leichenbeschauer über die Leiche gebeugt vorfindet.

»Exitus durch Vergiftung«, meint er nach ein paar Blicken. »Sieht nach Überdosis aus. Weiß man etwas über ihre psychische Situation?«

»Ja«, erwidert Sophie. »Gestern wurde ihr Ehemann ermordet, das hat ihr sicher zu schaffen gemacht.«

»Das weiß ich«, blafft Emmermann. »Da war ich dabei. Ich meinte, ob bekannt ist, dass sie drogensüchtig ist?«

Auch Thomsen bringt sich nun ein – mit der gleichen unverwüstlichen Laune, die er gestern schon zur Schau trug.

»Wie siehts aus, Meerkatz? Wissen wir etwas?«

»Sie war nicht süchtig.«

»Sagt das ihre Mutter?«

»Nein, ich.«

»Und woher weißt du das?«

»Ja, das tät mich auch interessieren«, kommentiert der Leichenbeschauer spöttisch.

»Wegen des Einstichs. Es ist bloß einer. Wäre sie süchtig, wären es mehrere.«

Thomsen zeigt ihr zwei Daumen hoch. »Klasse kombiniert.«

Emmermann sieht nun ein wenig irritiert zwischen den beiden hin und her.

»Vielleicht hat sie gerade erst mit dem Konsumieren

begonnen. Jeder Junkie setzt sich einmal den ersten Schuss.«

»Und wo ist die Spritze? Und der Stoff? Diese Dinge verschwinden hinterher nicht von allein«, hält Sophie dagegen.

»Wieder genial kombiniert«, freut sich Thomsen. »Wir gehen also von einem Mord aus?«

»Ja, definitiv.«

»Möglicherweise suchen wir sogar nach einem Doppelmörder«, überlegt Thomsen, ohne sein sonniges Lächeln zu verlieren, »falls die beiden Morde zusammenhängen.«

»Und ich hab bereits 'nen Tipp, wer's gewesen sein könnte«, erklärt Sophie und streckt ihrem Chef triumphierend das weiße Mobiltelefon entgegen. »Das ist Riekes Handy und sie war gerade dabei, eine Nachricht an ihre Freundin Ubba zu schreiben, als sie von ihrem Mörder entdeckt wurde. Es ist zwar bloß ein Fragment, aber trotzdem sehr aufschlussreich.«

Thomsen kneift die Augen zusammen, um trotz des schräg einfallenden Sonnenlichts die Buchstaben entziffern zu können.

Torben ist hier. In Knuts Arbeitszi

16

»Nichts geht über Krabben in Orangen-Curry-Soße mit Weißbrot«, findet Sophie, während sie genüsslich eine nach der anderen verspeist. »Und dieser Wein passt perfekt dazu«, lobt sie und setzt ihr Glas an die Lippen. Es ist bereits das dritte.

»Ich liebe es, wie du mein Essen verschlingst! Das gibt mir das Gefühl, ein grandioser Hobbykoch zu sein«, freut sich Taako.

»Das bist du auch. Seit wir zusammen sind, bestelle ich kaum noch beim *Küstenkutter.*«

»Der Arme wird nicht wissen, wieso er so einen Umsatzrückgang erleiden muss«, lacht Taako.

»Ja«, stimmt Sophie in sein Lachen mit ein, »aber irgendwie ist das auch traurig . . . stell dir vor, wenn ihm mehrere Kundinnen auf diese Art abhandenkommen . . .«

»Lass uns zusammenziehen«, sagt Taako plötzlich und Sophie verschluckt sich vor Überraschung an einer Krabbe.

Während des Hustenanfalls, der nun folgt, ertönt auch noch das elektronische Möwengekreisch, das einen dienstlichen Anruf ankündigt.

Kommissar Jasper Hinrichs steht auf dem Display.

»Ja«, krächzt sie in den Lautsprecher, den sie anschließend gleich zuhält, damit Jasper ihren weiteren Hustenanfall nicht mitanhören muss.

»Ich glaube, ich werde suspendiert«, kommt es kleinlaut durch die Leitung.

»Was? Warum das denn?«

»Mir ist ein Fehler passiert – nachdem du schon weg warst. Ich sollte doch die Helga Kühn, du weißt schon, die Mutter von Rieke Wilken, informieren, sowie der Arzt sie stabilisiert hatte. Aber das dauerte eben 'ne Weile und in der Zwischenzeit rief mich die Mutti an, ob sie mit dem Abendbrot auf mich warten sollte. Hab natürlich gefragt, was es denn geben würde, und na ja, ein Wort gab dann das andere – du kennst ja meine Mutti, die findet nie ein Ende – und dann hat sie mir auch noch die Billi ans Telefon gegeben, und die wollte wissen, ob sie mich heute Abend noch sieht, weil sie so müde ist, von der Schwangerschaft, und dass das Baby heute wie verrückt gestrampelt hat, und....«

»Jasper, bitte«, krächzt Sophie, »komm auf den Punkt.«

»Ach so, ja klar, also ich hab mich während des Telefonats von der Frau Kühn entfernt, damit sie nicht hört, dass ich mit der Mutti telefoniere und plötzlich hab ich einen Schrei gehört, so einen halb erstickten, der mir voll unter die Haut ging . . . ja, dann bin ich natürlich gleich hingestürmt, aber da lag sie schon auf der Leiche.«

»Auf der Leiche? Du meinst auf ihrer . . .?«

»Ja, sie wandelte offenbar im Wohnraum herum, entdeckte ihre tote Tochter und kippte vor Schreck vornüber.«

»Ach du Scheiße.«

»Kannste laut sagen. Der Emmermann ist ja recht cool geblieben, aber der Arzt, der die Frau Kühn eben erst stabilisiert hatte, hat ordentlich aufgedreht. Dass er das melden wird, und gleich an oberster Stelle.«

»Und der Rüde?«

»Der hat gerade den Spurensicherungstrupp zur Tür reingelassen, als es passiert ist. Als er wiederkam und Riekes Mutter auf der Leiche ihrer Tochter liegen sah, sind ihm die Augäpfel so richtig rausgewachsen. Der Aiko hat mir geholfen, sie hochzuhieven und wieder dem Arzt zu übergeben, und dann hat der Rüde mich nach Hause geschickt.«

»Mann, Jasper . . . hat er etwas gesagt?«

»Nur, dass ich morgen früh pünktlich um sieben im Büro sein soll. Ganz sicher werde ich dann suspendiert.«

Er klingt nun wie ein Häufchen Elend und Sophie weiß nicht, wie sie ihn trösten soll.

»Jetzt warte einfach mal ab«, ist alles, was ihr einfällt und sie kommt sich dabei schrecklich gefühlskalt vor.

»Ich bin eine schlechte Kollegin«, sagt sie zu Taako, nachdem sie aufgelegt hat.

»Du bist auch eine schlechte Freundin«, gibt er schmunzelnd retour.

»Wie meinst du das jetzt?«

»Nun, sich mit 'nem Hustenanfall aus der Affäre zu ziehen, wenn man von seinem Geliebten gefragt wird, ob man mit ihm zusammenziehen möchte, ist nicht gerade die feine englische Art.«

»Autsch«, sagt Sophie und beißt sich auf die Lippen. »Ich bin wirklich ein schrecklicher Mensch.«

Taako lacht. »Erkenntnis ist der erste Weg zur Besserung. Brauchst du Bedenkzeit?«

»Können wir Sex haben, wenn ich diese Frage mit *ja* beantworte?«

»Auf jeden Fall.« Er küsst sie und zieht sie leidenschaftlich an sich.

»Das ist gut. Denn gerade jetzt gibt es nichts, was ich mir mehr wünsche.«

*In der Wut verliert der Mensch
seine Intelligenz*

Dalai Lama

MONTAG

17

Als Sophie um sieben Uhr morgens den Großraum betritt, findet sie Jasper mit hochgezogenen Schultern und eingezogenem Kopf an seinem Schreibtisch vor.

»Moin.«

Sie hängt ihre Jacke auf und steuert noch ein wenig schlaftrunken die Personalküche an. Mit einem vollen Pott Kaffee kehrt sie in den Großraum zurück.

Jasper hockt immer noch wie das personifizierte schlechte Gewissen auf seinem Stuhl und guckt kaum hinter seinem Monitor vor.

»Kopf hoch. Die WhatsApp-Nachricht, die Rieke Wilken nicht zu Ende schreiben konnte, ist eindeutig. Wir wissen jetzt, wer der Täter ist und wir haben ihn in Gewahrsam. Der Fall wurde somit in unter achtundvierzig Stunden gelöst! Das ist sicherlich ein Rekord und wird den Rüden – der zurzeit ohnehin mit einer unverwüstlich guten Laune gesegnet ist – ganz bestimmt milde stimmen.«

»Was soll ich denn bloß meinem Sohn sagen, wenn ich noch vor seiner Geburt gefeuert werde?«

»Deinem Sohn?« Sophie sieht ihren Kollegen perplex an. »Der ist noch nicht mal geboren...«

»Aber bald. Es sind nur noch sieben Wochen und sechs Tage.«

Sophie schüttelt den Kopf.

»Selbst wenn, dann interessiert den bloß seine Milchration. Und außerdem wirst du nicht gefeuert.«

»Das weißt du nicht. Meine Karriere als Oberkommissar ist jedenfalls gestorben.« Er stützt den Kopf in die Hände, auf eine Art, die sein Gesicht völlig zerknautscht.

Die Glastür des Großraums öffnet sich und Svenja kommt herein. Sie blickt neugierig zwischen ihren Kollegen hin und her.

»Wer ist gestorben?«

»Meine Karriere.« Jasper schiebt auch noch seine Unterlippe vor.

»Meine erwacht nicht mal zum Leben«, gibt Svenja zurück. »Ich gehe hier an diesem Schreibtisch ein vor lauter Langeweile. Gestern Nachmittag habe ich nonstop Protokolle getippt. Das Highlight meines Tages war, dass ich diesen fetten Brummer hier erwischt habe.« Sie deutet auf die tote Fliege, die auf der Fensterbank liegt.

»Wenigstens hast du kein Menschenleben gefährdet«, suhlt Jasper sich weiterhin in Selbstmitleid.

»Nee, das nicht. Du schon?«

Sie blickt interessiert zu ihm hinüber.

»Leider ja«, gesteht er mit Grabesstimme und erzählt seine gestrige höchstpersönliche Tragödie ein weiteres Mal.

»Mann ... echt? Du hast Riekes Mutter nicht gesagt, dass ihre Tochter tot ist und sie ohne Vorwarnung deren Leiche finden lassen?«

»Ich sag doch, ich habs verkackt.«

»Aber voll«, stimmt Svenja zu.

»Du warst auch schon mal empathischer«, meint Sophie und stupst ihre Kollegin an. Doch die reagiert nicht im Mindesten auf den Beschwichtigungsversuch. Ganz im Gegenteil.

»Und dann ist sie auch noch auf die Leiche draufgeköpfelt? Kannste echt nicht erfinden!«

»Wir haben auch positive Neuigkeiten. Immerhin haben wir den Mörder bereits gefasst . . .«, beginnt Sophie von Neuem, um von Jaspers Malheur abzulenken, als die Glastür aufschwingt und der Hauptkommissar den Raum betritt. Strahlend wie der neue Morgen lässt er sich auf Svenjas Besucherstuhl nieder.

»Mann, was für'n Tag – und es ist erst sieben Uhr fünfzehn. Ich komm gerade von unserem Dienststellenleiter. Für den sind wir Helden. Der Petersen hat gleich für morgen 'ne Pressekonferenz anberaumt, weil wir den Fall in Rekordzeit gelöst haben.«

»Und was hat er noch gesagt?«, fragt Jasper zaghaft, denn der junge engagierte Arzt hat seine Drohung bestimmt längst wahr gemacht und eine verheerende Meldung an oberster Stelle eingebracht.

»Keine Ahnung. Der Petersen redet viel, wenn er vor Freude überschäumt. Das kann ich mir unmöglich alles merken. Also Meerkatz, was meinst du, ziehen wir diesem Schluff das Fell über die Ohren?«

Sophie nickt und erhebt sich. Plötzlich fällt ihr noch etwas ein.

»Was ist eigentlich mit Nadja Melk und den Roeloffs passiert? Hast du die gestern noch gehen lassen?«

»Klar.« Thomsen grinst. »Die sind doch jetzt vom

Haken.«

Bevor sein Chef mit Sophie durch die Glastür entschwindet, fasst Jasper seinen ganzen Mut zusammen.

»Und was ist mit mir?«

»Du fährst ins Klinikum und siehst zu, dass Riekes Leiche frühestmöglich autopsiert wird. Am besten gleich heute, nach ihrem Ehemann. Je mehr Infos wir schon während der Vernehmung des Mörders bekommen, desto besser.«

»Klar Chef, du kannst dich auf mich verlassen!«

Diensteifrig wirft er sich die Jacke über und eilt zur Tür.

Thomsen stellt sich ihm in den Weg.

»Und keine Telefonate mehr mit der Mutti!«

18

Torben Schluff mimt den völlig Unschuldigen, der Opfer eines Systemfehlers geworden ist, als der Hauptkommissar, gefolgt von seiner Oberkommissarin, den Raum betritt. Mit unverhohlener Empörung bringt er seinen Protest vor.

»Sind Sie von allen guten Geistern verlassen? Zuerst bitten Sie mich, auf meine Vernehmung zu warten . . . und zwar endlos . . . weil Sie Wichtigeres zu tun haben! Und dann – abends – als meine Geduld erschöpft ist und ich den Beamten hier erkläre, dass ich die Schnauze voll habe und wieder heimgehen will, da werde ich festgenommen? Wegen Mordes? Und über Nacht in eine Zelle gesperrt? Einfach so? Sind Sie noch bei Trost? Ich habe Familie, eine Frau und zwei Jungs!«

Schäumend vor Wut zieht Schluff sein Portemonnaie aus der Hosentasche und streckt den Ermittlern das darin steckende Foto seiner Liebsten entgegen.

Sophie betrachtet es eingehend. Eine junge Asiatin mit zwei kleinen süßen Jungs.

Thomsen schiebt wortlos ein Blatt Papier über den Tisch, darauf zu sehen Riekes WhatsApp-Nachricht, die Svenja abfotografiert, auf den Computer überspielt und dann ausgedruckt hat. Nun beobachtet er gespannt das Mienenspiel des Verdächtigen. Dessen vor Wut hochroter Kopf wird in dem Tempo blass, in dem er begreift, was diese Nachricht bedeutet. Am Ende stützt er kreidebleich seinen Kopf in beide Hände.

»Ich würde Ihnen zu einem Geständnis raten«, empfiehlt Sophie sanft. »Ein umfassendes Geständnis ist immer der wichtigste Milderungsgrund vor dem Richter. Das reduziert Ihre Strafe enorm.«

»Und viele sagen hinterher, dass sie sich dadurch sehr befreit gefühlt haben«, ergänzt Thomsen gut gelaunt.

»Das ist Bullshit. Was wollen Sie mir überhaupt anhängen?«

Thomsen tippt auf das Blatt Papier, wo die verhängnisvolle Nachricht schwarz auf weiß in gedruckter Form vorliegt. Um ihr noch mehr Gewicht zu verleihen, liest er sie laut vor:

»*Torben ist hier. In Knuts Arbeitszi.* Es ist doch völlig logisch, dass Rieke vorhatte, ihrer Freundin Ubba zu schreiben, wer sich nachts heimlich ins Arbeitszimmer ihres soeben ermordeten Gatten geschlichen hatte. Wollen Sie mir nun erklären, Rieke Wilken lügt?«

Nun fährt sich Torben mit allen zehn Fingern durch die Haare.

»Okay, okay, stimmt, ich war dort. Aber Rieke sagte, dass sie Verständnis für meine Situation hätte, und dass wir das regeln könnten.«

»Sie waren also dort?«, hakt Sophie geschickt ein. »Gestern Nacht?«

»Ja.«

»Wie sind Sie ins Haus gekommen?«

»Das war nicht schwer. Das Grundstück ist doppelt so groß wie die anderen in dieser Straße und der hintere Teil des Gartens grenzt an eine wenig befahrene Straße. Dort ist hinter der Hecke bloß ein Maschendrahtzaun. Den habe ich an einer Stelle aufgeknipst, um durchzuschlüpfen.«

»Und wie sind Sie ins Haus gelangt?«

Schluff beißt sich nun auf die Lippen und starrt auf die Tischplatte.

»Herr Schluff, wie sind Sie ins Haus der Wilkens gekommen?«, brüllt Thomsen plötzlich und sein Ausbruch zeigt Wirkung.

»Mit Knuts Schlüssel.«

»Wie bitte?« Thomsen und Sophie sind gleichermaßen überrascht.

»Woher hatten Sie den?«, hakt Sophie nach.

Nun kratzt sich Schluff verlegen hinterm Ohr.

»Den hat er mir mal gegeben.«

»Seinen Hausschlüssel? Wozu das denn?«

Der Verdächtige zieht es nun vor, auf diese Frage nicht zu antworten. Stattdessen lässt er den Kopf hängen.

Sophie steht auf.

»Ich glaube Ihnen kein Wort.«

Sie wendet sich von ihm ab und geht zur Tür. Thomsen beeilt sich, ihr zu folgen.

»Aber ich sage die Wahrheit!«, ruft Schluff. »Ich bin kein Mörder!«

Sophie kommt wieder ein paar Schritte auf ihn zu.

»Dann sagen Sie mir, wie Sie an den Schlüssel gekommen sind.«

»Okay . . . ich hab ihn mir genommen.«

»Genommen? Woher?«

»Aus Knuts Jackentasche.«
»Und er hat ihn hinterher nicht vermisst?«, wundert sich Sophie.
»Nein . . . ähem . . .«
»Sagen Sie bloß, Sie haben die Leiche gefleddert?«, blafft Thomsen plötzlich los.
»Nun ja, ich dachte, er braucht ihn ja nun nicht mehr . . .«
»Ist das zu fassen?« Der Hauptkommissar schüttelt den Kopf über so viel Kaltschnäuzigkeit. »Sie erwürgen Ihren Freund und ziehen ihm, kaum, dass er den letzten Schnapper gemacht hat, den Schlüssel aus der Tasche, um noch in derselben Nacht ungestört seine Frau töten zu können?«
»Was?« Torben Schluff springt hoch wie von einer Tarantel gestochen. »Rieke ist tot?«
Als Sophie dies mit einem Nicken bestätigt, beginnt er, mit gesenktem Kopf im Kreis zu laufen.
Thomsen wirft seiner Oberkommissarin einen fragenden Blick zu, doch die zuckt bloß mit den Schultern. Also warten sie ab, bis Schluff von allein wieder Platz nimmt.
»Ich packe jetzt aus. Ich weiß nicht, was hier gespielt wird, aber ich habe niemanden umgebracht. Meine Firma läuft in letzter Zeit nicht gut. Man könnte auch *grottenschlecht* sagen. Ich habe bei einer riskanten Spekulation 'ne Menge Geld verloren. Gleichzeitig hat einer meiner größten Kunden seine Mittel abgezogen und so bin ich seit einem halben Jahr bloß am Löcher stopfen. Knut hat mir privat etwas geborgt. Eine anständige Summe und wir haben darüber etwas schriftlich festgehalten. Mein Problem ist, dass ich das Geld nicht zurückzahlen kann . . .«

»Über welche Summe sprechen wir?«

»Zweihunderttausend. Nach dem ersten Schock auf der Terrasse war ich erleichtert, dass er tot war. Ich dachte, nun muss ich ihm das Geld nicht zurückzahlen. Bis mir einfiel, dass Rieke den Schuldschein finden würde . . . da kam ich auf die Idee, mir den Schlüssel zu angeln, was ich auch gemacht habe.«

»Wann war das?«

»Kurz bevor die Rettung eintraf, als Fedder sich abmühte bei dem Versuch, Knut wiederzubeleben.«

»Und dann?«

»Dann bin ich eben nachts in sein Haus geschlichen. Ich kenn mich dort aus, hab sein Arbeitszimmer quasi blind gefunden und dann mit einer Taschenlampe seine Schreibtischladen durchgesehen. Rieke muss wohl aufgewacht sein und mich beobachtet haben. Ich hätte die Tür schließen sollen, aber ich hatte Angst, dass das Lärm machen würde.

Irgendwann hatte ich das Gefühl, dass jemand bei dem offenen Türspalt steht. Als ich nachguckte, stürmte sie die Treppe runter. Ich natürlich hinterher. Kurz vor der Haustür stolperte sie und schlug hin. Sie war völlig außer sich, ja geradezu panisch und es dauerte 'ne Weile, bis ich sie mit ihrem verletzten Knöchel auf die Couch bringen konnte.

Ich hab mich entschuldigt, meine Situation erklärt und ihr gesagt, ich werde mich bemühen, ihr das Geld zurückzuzahlen, ich weiß bloß noch nicht wie. Sie sagte, es wäre okay. Dann habe ich ihr Eis gebracht für den Knöchel, der ordentlich angeschwollen ist, und danach haben wir noch einen Gin gemeinsam gekippt. Ich schwöre, sie hat noch gelebt, als ich gegangen bin.«

Thomsen lehnt sich zurück und mustert den

Verdächtigen eine Weile mit zusammengekniffenen Augen. Dann steht er auf und schaltet das Aufnahmegerät aus.
»Wir werden Ihre Angaben überprüfen.«

19

Sophie lässt sich mit einer Pobacke an Svenjas Schreibtisch nieder.

»Und? Hat er gestanden?«, fragt ihre Kollegin ein wenig lethargisch, während sie einen Kugelschreiber in ihren Fingern hin und her dreht.

»Ja und nein. Er hat zugegeben, in Rieke Wilkens Haus eingedrungen zu sein und das Arbeitszimmer ihres Mannes durchwühlt zu haben, aber mehr auch schon nicht.«

»Also bloß das, was wir ihm ohnehin nachweisen können«, fasst Svenja zusammen.

Sophie nickt finster. »Und auch erst, nachdem wir ihm unsere Beweise vorgelegt haben.«

»Das war ja zu erwarten. Ist der Rüde noch bei ihm?«

»Nein, er informiert den Petersen.«

»Ach«, macht Svenja und dreht weiterhin den Kugelschreiber in ihren Fingern. Erst als ihr Telefon klingelt, unterbricht sie ihr Spiel.

»Tades. Ja? Aha. Danke.« Sie legt wieder auf und sieht Sophie mit einem *Das-war-sowas-von-klar-Blick* an.

»Torben Schluff hat jetzt 'n Anwalt angerufen. Der

wird demnächst eintreffen.«

»Es ist wie es ist«, meint Sophie achselzuckend, »dann müssen wir eben noch mehr Informationen gegen ihn sammeln. Wie siehts aus, möchtest du mich zu Nadja Melk begleiten?«

»Ja?« Svenjas Augen beginnen zu strahlen. »Aber dann ist niemand im Büro.«

»Das bringt die Wände hier auch nicht zum Einstürzen«, meint Sophie schmunzelnd und nimmt ihre Jacke vom Haken.

* * *

Auf dem Weg zu Nadja Melks Apartment erhält Sophie einen Anruf von ihrem Kollegen.

»Die Autopsie von Knut Wilken ist beendet«, berichtet Jasper. »Ich bleibe aber noch hier, denn Dr. Jensen nimmt Riekes Leiche als nächste dran.«

»Alles klar. Irgendwelche Überraschungen?«

»Ja. Tatsächlich. Wilken hat 'nen Schlag auf den Hinterkopf erhalten, der ihn ausgeknockt hat, jedoch unblutig geblieben ist. Die Schwellung...«

».... hat der Emmermann übersehen«, fällt ihm Sophie ins Wort. *Wieder einmal.*

»Nee, diesmal nicht. Die Schwellung konnte sich nicht mehr ausbilden, weil er unmittelbar nach dem Schlag mit dem Draht erwürgt wurde.«

»Oh... das heißt, Wilken ging nach dem Schlag zu Boden und wurde dort liegend erwürgt?«

»Ja, so hat es Dr. Jensen erklärt.«

»Okay, irgendwelche weiteren Auffälligkeiten?«

»Nee, eigentlich nicht. Drei Rippen waren angeknackst, aber das passierte post mortem.«
»Die Wiederbelebungsversuche?«, rät Sophie.
»Ja. Fedder Roeloff ist offenbar ein wenig übers Ziel hinausgeschossen.«
»Hätte ich dem hageren Rollkragenfuzzi gar nicht zugetraut.«
»Tja. Wohl mehr sehnig als hager. Und bei euch?«
Sophie berichtet von Torben Schluffs Einvernahme, bis Svenja sie anstupst und auf eine Wohnhausanlage deutet.
»Wir sind da.«
»Okay, Jasper, wir müssen los. Melde dich, wenn du Riekes' Autopsieergebnis hast.«

* * *

Nadja Melks Wohnung liegt im dritten und letzten Stock. Vermutlich hat sie einen großen Balkon, denkt Sophie, als sie das Gebäude betrachtet, von denen gibt es hier nämlich eine Menge. Aber mit den luxuriösen Häusern ihrer Freunde kann diese Art Behausung nicht mithalten.

Svenja klingelt an der Gegensprechanlage. Nach dem dritten Versuch dreht sie sich achselzuckend zu ihrer Kollegin um.
»Ist wohl ausgeflogen.«
»Hm«, macht Sophie ärgerlich. »Ich habe sie extra gebeten, sich zu unserer Verfügung zu halten.«
Svenja deutet auf eine Frau mit Einkaufstüten, die ihnen entgegenkommt. »Wir gehen mit ihr hinein und

klopfen direkt an die Wohnungstür. Vielleicht ist bloß die Klingel kaputt.«

Doch auch andauerndes und lautes Klopfen an ihrer Wohnungstür bringt die schwarzhaarige Schmuckliebhaberin nicht dazu, selbige zu öffnen – dafür aber die Nachbarn mit neugierigen Blicken auf den Gang.
»Hat jemand 'n Reserveschlüssel?«, nutzt Svenja die Situation sofort aus. Tatsächlich meldet sich eine platinblonde Frau in Nadjas Alter, die bis auf die Haarfarbe ihr Zwilling hätte sein können. Nicht nur das extravagante pinkfarbene Minikleid ahmt Nadjas Stil nach, sondern auch die vielen Armreifen, Ketten und Ringe.
Frau Kreuch, deren Name in goldenen Lettern auf ihrem Türschild vermerkt ist, steht unschlüssig im Eingangsbereich der gegenüberliegenden Wohnung.
»Hab ich. Aber bloß für Blumen gießen«, erklärt sie ein wenig spröde.
»Perfekt.« Sophie winkt sie sofort heran. »Dann mal los, die Pflanzen auf der Terrasse Ihrer Freundin kämpfen bereits gegen den Dürretod.«
»Nee, das kann nicht sein . . .«
»Wollen wir wetten?« Sophie zückt ihren Ausweis.
Doch diese Geste verfehlt ihre Wirkung.
»Damit kommen Sie bei mir nicht durch«, schnaubt die Frau mit den langen blonden Haaren. »Sie brauchen schon 'nen richtigen Grund, wenn Sie bei der Nadja in die Wohnung wollen.«
»Sie steht unter Mordverdacht«, erklärt Sophie, doch auch diese Aussage bringt nicht den gewünschten Erfolg.

»Dann würden Sie ja wohl mit 'ner Armada anrücken und die Tür aufbrechen, statt bei mir um den Schlüssel zu betteln.«

»Riechst du das?«, fragt Svenja plötzlich und sieht Sophie mit einem entsprechenden Blick an.

»Was?«

»Marihuana. Und es kommt aus Ihrer Wohnung«, wirft sie der Frau an den Kopf.

»Quatsch.«

»Ich riech es doch. Und bei Gefahr in Verzug dürfen wir Wohnungen sofort betreten.«

Sie macht einen Schritt auf Frau Kreuch zu, die daraufhin sofort ins Innere verschwindet und die Tür hinter sich zuknallt.

»Wir kommen mit 'nem Hund zurück, Frau Kreuch«, ruft Svenja ihr hinterher.

Kurz darauf geht die Wohnungstür wieder auf.

»Ich hab doch bloß den Schlüssel geholt, Sie wollten sich doch eigentlich bei Nadja umsehen und nicht bei mir, nicht wahr?«

»Richtig.« Sophie nickt. »Dann sperren Sie mal auf.«

Durch das Öffnen der Wohnungstür entsteht ein spontaner Luftzug und im Inneren des Apartments kracht etwas zu Boden.

Beate Kreuch zuckt sichtbar zusammen.

»Nadja?«, ruft sie mit dünner, zittriger Stimme. »Nadja?«

Sie streicht sich über die Unterarme. »Das ist mir irgendwie unheimlich. Kann ich wieder gehen?«

»Ja. Aber halten Sie sich in Ihrer Wohnung zu unserer Verfügung – falls wir noch Fragen haben.«

»Okay.« Sichtlich erleichtert tritt sie den Rückzug an. An der Eingangstür dreht sie sich noch einmal um.

»Aber Sie kommen ohne Hund, nicht wahr?«

Anstelle einer Antwort verdreht Svenja die Augen und schiebt die besorgte Frau aus der Wohnung.

Im selben Moment hört sie Sophie aus dem Wohnzimmer fluchen.

»Verdammt noch mal! Nicht schon wieder!«

20

Die Vase, die durch den Luftzug umgekippt war, liegt in tausend Scherben auf einem pinkfarbenen Teppich verteilt – rund um einen leblosen Körper in einem gelb-schwarz gestreiften Kleid. Dazwischen langstielige Rosen, die gut und gerne fünf Euro das Stück gekostet hatten. Einzelne Blütenblätter, die durch den Sturz abgefallen sind, hat das Wasser ebenfalls auf dem Boden verteilt.

Die Tote liegt auf dem Bauch, die Arme angewinkelt, in einer Art, als ob sie sich an ihren eigenen Haaren festhalten wollte.

Sophie kniet sich daneben. Sie schiebt das dichte, schwarze Haar vorsichtig beiseite, legt ihre Finger an den Hals der leblosen Frau und schüttelt anschließend den Kopf. Plötzlich stutzt sie und hebt das Kinn der Leiche ein wenig an. Nase und Mund sind mit durchsichtigem Klebeband umwickelt.

Sie steht auf und spürt einen leichten Schwindel. *Was zur Hölle ist hier los?*

* * *

Thomsen stellt die gleiche Frage, als er kurz darauf an diesem neuen Tatort eintrifft. Doch niemand findet darauf eine Antwort. Weder die Kripobeamtinnen noch der Leichenbeschauer, der auf allen vieren den leblosen Körper untersucht.

»So wie es aussieht, ist sie erstickt«, meint er ein wenig zögerlich.

»Bist du sicher?«, hakt Thomsen nach.

»Schon. Also fürs Erste. Ich sehe weder Verletzungen noch Einstiche noch sonst irgendetwas Auffälliges. Ob Gift im Spiel war, kann ich ohne Tests nicht sagen, dass sie unter Sauerstoffmangel gelitten hat, ist hingegen evident. Ihre Fingernägel krallen sich in das Klebeband, daher nehme ich an, dass sie bis zum Schluss versucht hat, es abzubekommen.«

»Und sonst?«

Emmermann zuckt bloß die Schultern.

»Die Balkontür steht offen«, füllt Sophie die Gesprächslücke.

»Ach?« Thomsen hebt eine Braue.

»Ja. Das ist eine Gemeinsamkeit. Bei Rieke stand ebenfalls die Terrassentür offen.« Sie tritt auf den Balkon und sieht hinunter. Geschätzte sieben bis acht Meter geht es dort in die Tiefe.

»Zu hoch, um zu springen«, befindet sie. »Es ist trotz der offenen Balkontür wahrscheinlicher, dass der Täter die Wohnung über die Eingangstür verlassen hat.«

»Denke ich auch«, brummt Thomsen und wendet sich wieder seinem besten Segelfreund zu.

»Mensch, Aiko. Der Todeszeitpunkt würde uns echt

weiterhelfen.«

»Mhm. Lange ist sie noch nicht tot. Ein bis zwei Stunden würde ich schätzen. Aber bloß so auf die Schnelle. Der Gerichtsmediziner soll das noch . . .«

»Jajaja«, unterbricht Thomsen. »Auf jeden Fall ist der Mord noch ganz frisch. Das ist eine Chance für uns. Svenja, frag doch mal bei den Nachbarn nach, ob sie jemanden gesehen haben, und Meerkatz, du nimmst dir diese Frau Kreuch zur Brust.«

21

Die platinblonde Nachbarin braucht erst mal einen Korn, um die schlimme Nachricht zu verdauen. Sie bietet auch Sophie einen an und einen Moment lang ist jene tatsächlich versucht, ihn anzunehmen.

»Äh . . . nein, danke«, sagt sie stattdessen und sieht sich in der Wohnung um. Sie ist aufgeräumt, nicht blitzsauber, aber auch nicht verwahrlost. Sophie schnuppert unauffällig. Sie kann jedoch beim besten Willen keine Duftnote wahrnehmen, die auf Marihuana hindeuten würde. Ihre Kollegin hat offenbar Fähigkeiten, die jenen eines Spürhundes Konkurrenz machen – oder sie hat gut geblufft. So oder so wird sie dieses Thema jetzt nicht vertiefen. Viel wichtiger ist es, mehr über die Tote zu erfahren.

»Sind Sie schon lange befreundet?«

»Vier Jahre«, erwidert Beate Kreuch und wickelt eine lange blonde Strähne um ihre Finger. »Ist das lange? Ich denke, ja. Ich hatte jedenfalls schon Beziehungen, die deutlich kürzer waren.«

Sophie nickt zustimmend. »Dann wissen Sie vielleicht, wer in den letzten zwei Stunden bei Ihrer

Freundin zu Besuch war?«

»Nein. Da hab ich ehrlich keine Ahnung von. Ich denke nicht, dass sie überhaupt Interesse an einem Besucher hatte – sie war ja immer noch geschockt von der Sache mit Knut.«

»Dann wussten Sie also von dieser Affäre?«

»Ja, klar. Die ging ja schon ewig. Er war zwar nicht ihre große Liebe, aber sie mochte ihn gern. Hat sich immer für ihn rausgeputzt und so.«

»Wann haben Sie Ihre Freundin zum letzten Mal gesehen?«

»Oh mein Gott, zum letzten Mal ... wie das klingt ... das ist so traurig ....« Beate Kreuch greift nach einem Taschentuch, um sich kräftig zu schnäuzen. »Heute. Das war heute. Ja, sie kam schon um zehn Uhr auf 'n Käffchen zu mir rüber, mit diesen irren Neuigkeiten im Gepäck. Das musst du ja auch erst mal auf die Reihe kriegen, wenn dir der eigene Liebhaber abgemurkst wird.«

»Wie lange blieb sie?«

»Lang. Es war sonnig und wir saßen mit unseren Kaffeepötten auf dem Balkon und haben geredet und geredet. Zu Mittag hab ich noch 'ne Kanne aufgebrüht, soviel haben wir geschnackt. Ich hab nicht auf die Uhr geguckt, aber ich schätze mal, um eins ist sie wieder rüber.«

»Und dann konnten Sie nicht sehen, wer bei ihr zu Besuch kam?«, versucht Sophie es ein weiteres Mal.

»Nee, ich hab mich dann in der Wanne langgemacht. Diese Haare brauchen viel Pflege.« Selbstverliebt streicht sie über ihre platinblonde Pracht.

»Okay.« Sophie nickt und wechselt das Thema. »Was hat Nadja eigentlich beruflich gemacht?«

»Sie hatte mal 'n Kosmetikstudio. Aber das ist schon lange her. Ich denke, Knut hat sie über Wasser gehalten.«

»Und Sie? Was machen Sie beruflich?«, fragt Sophie aus reiner Neugierde. Denn ihr will kein Job einfallen, bei dem diese langen, pinkfarbenen Gelnägel nicht hinderlich wären.

»Ich hab das nicht nötig, ich erhalte Unterhalt von meinem Ex-Mann.«

Sophie unterdrückt ihr Grinsen. Ja, das klappt auch mit den Gelnägeln. Nachdem ihre Neugierde nun befriedigt ist, kommt sie noch einmal auf den Kern der Sache zu sprechen.

»Nun, Tatsache ist, dass jemand heute bei Ihrer Freundin aufgetaucht ist und sie getötet hat. Wer hat einfach so Zugang zu ihr? Oder anders gefragt, wen würde sie freiwillig und ohne Vorankündigung in ihre Wohnung lassen?«

»Nun, mich . . .«, beginnt Beate, schlägt sich dann aber sofort mit der Hand auf den Mund. »Das war jetzt dumm von mir, nicht wahr? Bin ich jetzt verdächtig?«

»Nicht mehr als zuvor.«

»Na, denn is ja gut. Das ist doch gut, oder?«

Sophie nickt, um ihre irritierte Gesprächspartnerin zu motivieren, sich wieder auf die Frage zu besinnen. Doch Beates Augen füllen sich mit Tränen und sie starrt krampfhaft aus dem Fenster.

Nach einer Weile versucht es Sophie erneut.

»Frau Kreuch, wen außer Ihnen hätte Nadja spontan auf 'nen Kaffee oder ein feines Glas Wein in ihre Wohnung gebeten?«

»Hm, außer mir hatte sie bloß männliche Freunde.«

»Wie viele?«

»Zwei oder drei ... so genau weiß ich das jetzt auch nicht.«

»Haben Sie Namen für mich?«

Sophie zückt ihren Stift.

Doch Beate verzieht das Gesicht. »Also mit Namen bin ich ganz schlecht, ich kann mir einfach keine merken.«

»Aber den Knut haben Sie sich gemerkt«, wendet Sophie ein.

»Ja, aber bloß, weil mein Bruder auch so heißt.«

* * *

Auf dem Weg zurück ins Büro sprudelt Svenja vor Diensteifer über.

»Stell dir vor, die Rollstuhlfahrerin aus dem Erdgeschoss hat tatsächlich um vierzehn Uhr einen Mann das Haus verlassen sehen«, berichtet sie aufgeregt. »Groß und dunkel gekleidet.«

»Rollkragenpulli?«

»Nee, Baseballkappe und Windjacke.«

»Hm. Das Zeitfenster ist enorm eng«, stellt Sophie fest. »Nadja geht um dreizehn Uhr in ihre Wohnung zurück, um vierzehn Uhr verlässt ein Mann mit Baseballkappe und Windjacke das Haus, und um fünfzehn Uhr kommen wir. Hätte der Baseballkappen-Typ hätte auch aus einer anderen Wohnung kommen können?«

»Nein, die alte Dame war sich ganz sicher. Sie sagte, sie hätte ihn schon öfter bei Frau Melk gesehen.«

»Und du hältst sie für vertrauenswürdig?«

»Ja«, bekräftigt Svenja. »Es ist bloß ihr Rücken kaputt, nicht ihr Kopf.«

22

Im Großraum werden die Ermittlerinnen von Jasper erwartet. Er sieht nicht nur völlig vergrämt aus, er hat auch eine Laune wie sieben Tage Regenwetter.

»Ich bin der schlechteste Kriminalbeamte aller Zeiten. Mein armer Sohn wird nie die Chance haben, auf mich stolz zu sein.«

Svenja verdreht die Augen.

»Was hast du nun wieder angestellt?«

»Nichts, es ist bloß . . .«

Die Glastür zum Großraum fliegt auf und Thomsen kommt telefonierend herein. Sein Lachen hat etwas Erfrischendes. »Aber natürlich, Liebes. Selbstverständlich freuen wir uns. Aber immer doch. Hakuna Matata.«

»Maike kommt mit Käsekuchen vorbei?«, rät Svenja.

»Kluges Mädchen. Kaffee?«

»Läuft.«

»Bestens«. Thomsen wendet sich nun an Jasper. »Sag, warst du nicht bei der Autopsie von Rieke Wilken dabei? Was sagt denn der Gerichtsmediziner?«

»Ja, also das . . .« Jaspers Laune, die sich beim Wort Käsekuchen ein wenig gehoben hatte, sackt augenblicklich wieder in den Keller.

»Na los«, fordert Thomsen. »Die Fakten, bitte.«

»Ja, also, ich weiß nicht, wie ich es sagen soll, und es tut mir auch furchtbar leid, aber . . .«

»Die Fakten, Jasper!«

»Ja, ähem, also das ist jetzt ein wenig tragisch. Dr. Jensen meinte, die Rieke Wilken hätte noch gelebt, als ihre Mutter bewusstlos auf sie fiel. Erst dadurch wären ihre Rippen gebrochen und hätten die Lunge perforiert, woraufhin sie . . .« Jasper beißt sich auf die Lippen und senkt den Kopf.

Augenblicklich entsteht eine gespenstische Stille, in der alle Augen auf ihn gerichtet sind. Sophie fängt sich als Erste.

»Das ist Bullshit!«

»Nein, ist es nicht, Dr. Jensen hat mir versichert . . .«

»Glaube mir, das ist kompletter Bullshit«, wiederholt Sophie und dreht sich irritiert zu ihrem Chef um.

Der wiehert vor Vergnügen und ihr pikierter Blick ändert nicht das Geringste daran.

»Natürlich ist das kompletter Bullshit«, prustet Thomsen. »Ich hab hier den schriftlichen Bericht. Todesursache: Überdosis Schlafmittel, intravenös. Wie das Zeug heißt, könnt ihr selbst nachlesen.«

Er schiebt den Bericht über den Tisch und Jasper und Svenja stecken die Köpfe zusammen, um ihn zu lesen.

»Da fällt mir aber ein Stein vom Herzen«, seufzt Jasper erleichtert. »Ich dachte wirklich, es wäre meine Schuld gewesen! Aber warum hat Dr. Jensen . . .?«

Thomsen grinst nun über das ganze Gesicht. »Sagen wir, er war mir einen Gefallen schuldig. Und es ist uns allen geholfen, wenn du an Tatorten keine privaten

Gespräche mehr führst.«

»Ich schwöre«, bekräftigt Jasper und die Röte kehrt in seine Backen zurück.

Sophie steckt sich kampflustig ihre vorspringenden Locken hinter die Ohren und verengt ihre nougatbraunen Augen zu Schlitzen.

»Hast du tatsächlich Dr. Jensen angestiftet, Jasper einen Bären aufzubinden, damit er denkt, er trägt Schuld am Tod eines Menschen?«, geht sie ihren Chef nun frontal an.

»Ganz genau. Der Schreck muss ihm bis in die Eier fahren, damit er was lernt. Diese Zeugin, die Mutter von Rieke Wilken, war ohnehin schon zu nah am Tatort, da darf man sie keine Sekunde aus den Augen lassen. Und es ist nicht das erste Mal, dass Jasper in einer brenzligen Situation ein privates Telefonat geführt hat – auf Schloss Uelvesbüll hat sich währenddessen der Butler den Kopf weggeblasen.«

»Ich weiß, aber . . .«, beginnt Sophie.

»Wäre es dir lieber, ich leite ein Disziplinarverfahren ein?«, kontert Thomsen.

»Natürlich wünsche ich das meinem Kollegen nicht, aber immerhin gibt es Regeln, und ich finde . . .«, erklärt Sophie, doch Jaspers panischer Blick lässt sie innehalten. »Okay«, lenkt sie nun ein, »wenden wir uns wieder dem Fall zu. Immerhin haben wir nun schon drei Leichen.«

»Hier seht mal«, sagt Svenja plötzlich und tippt auf den Autopsiebericht. »Der linke Knöchel ist geschwollen.«

»Ja, richtig, ich erinnere mich, dass mir das schon bei der ersten Besichtigung der Leiche aufgefallen ist«, bestätigt Sophie. »Was diesen Knöchel betrifft, hat

Torben Schluff die Wahrheit gesagt. Und Rieke lebte noch eine Zeit lang nach dem Sturz, sonst hätte sich die Schwellung nicht so ausprägen können.«

»Nicht zu vergessen, dass Nadja getötet wurde, während wir Schluff in Gewahrsam hatten. Der Typ kanns beim besten Willen nicht gewesen sein«, ergänzt Svenja und ihre Augen werden plötzlich groß und rund. Völlig gebannt starrt sie zur Glastür.

Als Sophie ihrem Blick folgt, wird selbige gerade aufgestoßen und Rechtsanwalt Ralf Theissen betritt den Raum.

»Moin zusammen.«

»Was machst du hier?«, fragt Sophie, doch Svenja drängt sich mit glühenden Wangen an ihr vorbei.

»Herr Doktor Theissen! Wie schön, Sie wiederzusehen. Ein Käffchen vielleicht?«

»Gern. Ich sage es gleich, ich bin dienstlich hier. Mein Mandant, Torben Schluff, begehrt, freigelassen zu werden. Er bringt insbesondere vor, dass . . .«

»Geschenkt«, unterbricht Thomsen jovial. »Er kann gehen.«

»Äh . . .« Der hochgewachsene, blonde Anwalt mit den eisblauen Augen sieht nun auf eine Art ratlos aus, die Svenja enorm anziehend findet. Mit strahlendem Lächeln reicht sie ihm eine Tasse Kaffee.

Bestens gelaunt legt Thomsen ihm seine Hand auf die Schulter. »Hakuna Matata, mein Freund. Nun schulden Sie mir aber was!«

»Äh . . .«

»Mensch Rüde«, motzt Sophie, die sich von Neuem über ihren Chef ärgert. »Du kannst doch nicht ständig alle veräppeln! In Wahrheit haben wir gerade besprochen . . .«

»Meerkatz, Meerkatz!«, unterbricht Thomsen mit einer gewissen Dringlichkeit und blickt mit strengem Blick zwischen ihr und Theissen hin und her. »Was ich immer schon über euch beide wissen wollte: Wart ihr wirklich in derselben Abschlussklasse?«

Sophie, die das Manöver durchschaut, verzieht das Gesicht.

Ralf Theissen antwortet – überrumpelt von dem raschen Themenwechsel – ein wenig irritiert mit »Ja«. Bevor er zum eigentlichen Thema zurückkehren kann, kommt dem Hauptkommissar seine frischgebackene Ehefrau zu Hilfe.

Maike schneit nicht nur mit einem Tablett voll Käsekuchen zur Tür herein, sondern bringt auch jede Menge gute Laune mit.

Speziell Jaspers Augen strahlen nun vor Freude. Genüsslich kauend, ist er mit seinem Leben wieder versöhnt. Erst als sein Handy klingelt, wird er nervös.

»Oje, das ist bestimmt die Mutti.« Ein Blick aufs Display bestätigt diese Vermutung. Demonstrativ steckt er das Gerät in die Jackentasche, wo es penetrant weiterklingelt, und schiebt sich ein weiteres Kuchenstück in den Mund.

»Gehst du nicht ran?«, fragt Maike arglos.

»Nee«, mampft er entschlossen. »Im Dienst nehme ich keine privaten Gespräche mehr an.«

»Aber mit mir . . .«, *sprichst du doch auch*, wollte sie sagen, doch nun klingelt ihr Handy in der Handtasche und sie zieht es heraus.

Ella Hinrichs schreibt das Display.

»Jetzt ruft deine Mutti mich an«, sagt Maike kopfschüttelnd und klickt auf *Annehmen*.

»Moin Ella.«

»Maike! Gut, dass ich dich erreiche! Kannst du dem Rüden bitte sagen, er soll meinen Jungen ins Krankenhaus schicken? Bei Billi haben die Wehen eingesetzt.«

»Ach du meine Güte! Ich stehe genau neben ihm. Ich sag es ihm direkt.«

»Du stehst neben Jasper? Warum hebt er nicht ab, wenn ich anrufe?«

»Das weiß ich nicht, das musst du ihn selbst fragen.«

Sie legt auf und sieht Jasper an.

»Schreck dich jetzt nicht. Die Billi ist wegen Wehen im Krankenhaus.«

»Ja?« Seelenruhig nimmt er sich ein weiteres Stück Kuchen. »Zweimal am Tag fall ich nicht auf eure Scherze herein. Hakuna Matata!« Er hebt seine Kaffeetasse und prostet seinem Chef damit zu.

Maike beäugt ihn misstrauisch.

»Ich weiß ja nicht, was da bei euch abläuft, aber das war eben kein Scherz.«

»Nicht?«

»Sicher nicht.«

»Oh mein Gott, was soll ich denn jetzt tun?« Schlagartig spiegelt sich Panik in seinem Blick.

»Einfach bloß für deine Freundin da sein«, rät Maike. »Komm, ich bringe dich hin.«

23

»Mann, Alex, ich sag dir, dieses Husum ist wieder mal ein Irrenhaus. Der neue Fall ist eine Katastrophe, die Zeugen sterben uns weg wie die Fliegen, der Rüde ist unerträglich gut gelaunt und quält alle – frei nach dem Motto Hakuna Matata – mit seinen Späßchen. Svenja ist seit Neuestem depressiv, Jasper steht als werdender Papa ohnehin neben sich und nun ist auch noch Ralf aufgetaucht.«

»Der schöne Ralf?«, lacht ihre Freundin amüsiert.

»Genau der stand plötzlich wie Adonis höchstpersönlich im Großraum, umgeben von diesem Wahnsinnsparfum...«

»Du hast jetzt Taako.«

»Ich weiß. Und ich bin ausgesprochen glücklich darüber. Trotzdem lässt seine Anwesenheit mich nicht kalt.«

Alex kichert. »Ja, diese spezielle Wirkung auf dich hatte er immer schon.«

»Und nicht nur auf mich. Svenja ist jedes Mal völlig von der Rolle, wenn er auftaucht. Als ob sie die ganze Welt um sich herum vergisst.«

»So ging es dir mit Taako auch im ersten Monat.«

Sophie lacht. »Stimmt, und vielleicht sogar immer noch . . .«

»Wie läuft es mit Nils?«

»Gut, wirklich gut. Es hat sich jetzt eingespielt. Der Kleine ist immer mittwochs bei uns und jedes zweite Wochenende.«

»Hey, das freut mich. Also stresst dich eigentlich nur dein Fall?«

»Und mein Chef! Und meine Kollegen . . . aber ja, der Fall am meisten. Der ist richtig krass. Sechs Personen spielten letzten Samstag ein Spiel. Und seither stirbt einer nach dem anderen. Drei sind schon tot.«

»Oho! Das ist wirklich ungewöhnlich. Du denkst, der Täter ist aus der Gruppe?«

»Bisher ja, aber langsam zweifle ich daran. Das Schlimme ist, dass die Einschläge in so hohem Tempo kommen, dass wir kaum zum Ermitteln, geschweige denn zum Nachdenken kommen. Mir brummt schon so der Schädel, weil ich da Tonnen an Informationen reinstopfe, die ich nicht verarbeiten kann.«

»Dann erholst du dich jetzt am besten in Taakos Armen«, rät Alex. »Ein wenig Entspannung zwischendurch ist ganz wichtig . . .«

»Jaaa . . .«, gurrt Sophie, doch schlagartig ändert sich ihre Stimmung. »Nee, das wird nichts mit der Entspannung.«

»Wieso?«

»Mir ist gerade wieder eingefallen, dass er mich gestern gefragt hat, ob wir zusammenziehen wollen.«

»Oha! Und?«

»Ich hab mich an einer Krabbe verschluckt. Nachdem ich einige Minuten wie blöd gehustet hab, hat er mir Bedenkzeit angeboten.«

»Du willst nicht?«
»Doch, schon . . .«
»Wo ist dann das Problem?«, hakt Alex nach.
»Er schnarcht.«
»Hat das Haus nur ein Zimmer?«
»Hm . . . ich muss drüber nachdenken. Otello ist auch noch da.«
»Otello wäre nicht die erste Katze, die umzieht.«
»Es wäre nicht mehr mein Haus.«
»Deines ist auch nur gemietet. Wovor hast du wirklich Angst?«
»Dass es nicht gut geht. Dass die Liebe verschwindet und wir dann trotzdem unter einem Dach wohnen.«
»So wie es bei deinen Eltern war?«, fragt Alex, und ihre Stimme klingt nun ganz sanft.
Sophie beißt sich auf die Lippen.
»Ja.«

* * *

Nackt, in Taakos Armen, ist das Leben perfekt. Manchmal, so wie heute, liebt sie die tiefe Ruhe danach fast noch mehr als die prickelnde Erregung davor. Sie schmiegt sich an den Mann, bei dem sie sich geborgen fühlt und atmet den Duft seiner Haut.

Und ja, es kotzt sie an, sich wieder ankleiden und zu ihrem Kater nach Hause fahren zu müssen. Deshalb wartet sie immer, bis Taako einschläft. Sein Schnarchen macht ihr den Abschied erträglicher.

Aber wie wäre das, wenn sie einfach bloß im Nebenzimmer unter die Decke schlüpfen könnte? *Das wäre himmlisch.*

Als die wohlvertrauten nächtlichen Sägegeräusche ertönen, rüttelt sie ihn noch einmal wach.

»Ich möchte das Zimmer nebenan mieten.«

»Was?« Taako schreckt aus seinem Schlaf hoch.

»Ich möchte das Zimmer nebenan mieten.«

»Das von Nils?«, fragt er verwirrt.

»Nein, das andere.«

»Wo das ganze Düddelzeugs drinnen steht, das sich seit Generationen in meiner Familie angehäuft hat?«

»Ja, das.«

Taako öffnet nun die Augen.

»Aber warum?«

»Ich will ein eigenes Zimmer, das mir gehört, und ich möchte auch finanziell meinen Beitrag leisten. Ich möchte darin arbeiten können. Und schlafen.«

»Schlafen auch?«

»Ja.«

»Weil ich schnarche?«

Sophie nickt nun und küsst ihn.

Er erwidert ihren Kuss und drückt sie innig an sich.

»In diesem Fall ist dann wohl die zweitbeste Lösung die beste Lösung.«

Der Zufall begünstigt den vorbereiteten Geist

Louis Pasteur

DIENSTAG

24

Mit den morgendlichen Sonnenstrahlen kommt das Gehämmer im Schädel. Wie wenn ein Vorschlaghammer auf Metall drischt. In einer ersten Reaktion zieht sich Svenja das Kissen über den Kopf. Erst nach einer Weile registriert sie, dass jemand an ihre Wohnungstür klopft.

Und nicht damit aufhört.

Oh Mann. Bestimmt hat sie verschlafen. Kein Wunder nach dieser Nacht! Nach dieser *Wahnsinnsnacht!* Sie tastet nach dem Mann, der irgendwann in den frühen Morgenstunden neben ihr eingeschlafen ist, und muss zu ihrer Enttäuschung feststellen, dass die andere Seite ihres Bettes leer ist. Nur sein Parfüm hängt noch in der Luft.

»Ach nee.« Ihr Blick fällt auf die Uhr. Zwei Minuten nach fünf und er ist schon geflüchtet.

Das Klopfen an der Tür nimmt kein Ende.

In ihr Schicksal ergeben kriecht sie aus dem Bett und tappt Richtung Eingangstür. Als sie an dem Spiegel im Vorraum vorbeikommt, erschrickt sie. Ihr langes blondes Haar ist vollkommen zerzaust, die Schminke – speziell um die Augen herum – völlig verlaufen.

So sieht man also aus, wenn man nach dem besten Sex seines Lebens einfach liegen bleibt. Kein Wunder, dass er sich längst wieder vom Acker gemacht hat.

Desillusioniert öffnet sie die Tür einen Spalt.

Jasper steht da und sieht noch mal schlimmer aus als sie selbst. Seine Augen liegen in dunklen Höhlen, das Weiße gerötet, die Lider auf halbmast.

»Was ist los?« Sie zieht die Tür nun ganz auf.

»Kann ich mich auf deine Couch legen? Ich brauch zumindest 'ne Stunde Schlaf, sonst sterbe ich.«

»Du kannst dich auch auf mein Bett legen. Das ist bequemer.«

»Echt?«

»Klar. Dafür sind Freunde doch da. Was ist denn passiert?«

»Nichts. Die Billi hatte Wehen und dann passierte nichts. Die ganze Nacht lang. Wir haben bloß gewartet. Vor einer Stunde erst bin ich heimgekommen, doch die Mutti ist so besorgt, die lässt mich nicht schlafen . . . ich bin so was von tot . . .«

Wie ein Zombie steuert er das Schlafzimmer in Svenjas Apartment an und lässt sich mitsamt seiner Kleidung auf das Bett fallen. Er nickt bereits ein, als sein Kopf das Kissen berührt.

Svenja zieht leise hinter ihm die Tür zu und begibt sich in die Küche. Wenn sie schon mal munter ist, kann sie auch gleich Kaffee kochen.

Wie schnell das Leben sich drehen kann. Eben noch hat sie den heftigsten Orgasmus ihres Lebens verspürt, dann rücken die Zeiger der Uhr ein wenig vor, und alles ist bloß noch eine flüchtige Erinnerung.

Sie blickt sich in der Küche um. Er hätte ihr wenigstens eine Nachricht hinterlassen können, zumindest 'ne kleine Notiz mit ein paar Abschiedsworten.

Die in die Jahre gekommene Kaffeemaschine ihrer Schwester röchelt laut vor sich hin und plötzlich verspürt sie einen Bärenhunger.

Sie durchsucht ihre Vorratslade und findet eine Packung Brötchen zum Aufbacken. Als sie jene in den Backofen schiebt, ertönt plötzlich ein so lautes »Heilige Scheiße« aus ihrem Schlafzimmer, dass sie erschreckt zusammenfährt.

Sie hetzt hinüber und bleibt fassungslos im Türrahmen stehen.

Der Mann ihrer Träume steht da, nackt wie Gott ihn schuf, und sammelt seine Klamotten vom Boden auf, während Jasper wie tot quer über dem Bett liegt.

»'Ne kleine Vorwarnung wär' nett gewesen«, motzt Ralf und schlüpft in seine Boxershorts.

»Du bist noch da?«, fragt sie und vor lauter Überraschung merkt sie gar nicht, wie dämlich diese Frage ist.

»Ich war duschen«, knurrt er. »Hast du nicht gesehen, dass meine Klamotten noch hier rumliegen?«

Ja wie denn, denkt sie, wenn ich die Augen nicht aufbringe und mich im Dunklen zur Tür taste. Plötzlich schießt ihr das Blut in die Wangen, weil ihr einfällt, dass sie im Vorraum einen kurzen Blick in den Spiegel riskiert hat.

Oh mein Gott. Und in diesem Zustand steht sie vor ihm! Glühend vor Scham dreht sie sich um und läuft ohne ein weiteres Wort ins Badezimmer.

Eine halbe Stunde später betritt sie frisch geduscht und Make-up-mäßig halbwegs restauriert im

Morgenmantel ihrer Schwester die Küche.

Der Tisch ist gedeckt. Warme Brötchen, Butter und Marmelade stehen neben vollen Kaffeetassen auf dem Tisch.

Und *er* ist noch hier.

Ihr Herz beginnt wie verrückt zu schlagen.

»Sorry, wegen vorhin, ich dachte, du wärst schon weg.«

Ralf schüttelt seine blonden, frisch gewaschenen Haare.

»Ohne Duschen?«

»Du hast recht, es war dämlich von mir. Jasper hat mich aus dem Schlaf gerissen und ich . . .«

»Psst . . .«, macht er und zieht sie an sich.

Als seine Lippen die ihren berühren, fühlt sie sich aufs Neue wie elektrisiert. Ihre Knie werden weich und dieses Prickeln, das ihren ganzen Körper erfasst, überwältigt sie völlig.

25

Der Großraum ist gähnend leer, als Sophie ihn kurz nach acht betritt. Da hat sie umwälzende Neuigkeiten im Gepäck und niemand ist da, der sie hören möchte.

Ein Umzug, überhaupt mit jemandem zusammenzuziehen, ist eine große Sache. Sie hat das Gefühl, sich richtig entschieden zu haben, und die Glücksgefühle, die sich nun in ihrer Brust breitmachen, brauchen dringend ein Ventil.

Ob sie Alex anrufen soll? Sinnlos. Frühmorgens an Werktagen schnipselt sie an Leichen herum. Denn in Berlin, wo sie als Rechtsmedizinerin tätig ist, gibt es einen niemals enden wollenden Nachschub an toten Menschen, die autopsiert werden müssen.

Routiniert befüllt sie die Kaffeemaschine, während ihre Gedanken ganz von selbst zu Taako zurückkehren. Zu Taako, mit dem sie glücklich ist, wie mit niemandem zuvor und mit dem sie bald unter einem Dach wohnen wird.

Wo Svenja bloß bleibt?

Und Jasper? Da fällt ihr ein, dass seine Freundin gestern mit Wehen ins Krankenhaus gebracht wurde. Wahrscheinlich ist er deshalb noch nicht hier. Vielleicht ist er bereits frisch gebackener Vater, oder die Geburt ist noch im Gange, da möchte sie lieber nicht stören.

Besser, sie wählt Ellas Nummer, um die Lage zu erkunden.

»Moin Sophie«, meldet sich Jaspers Mutti schon nach dem zweiten Klingeln. »Hast du was von meinem Jungen gehört?«

»Äh ... nein, deshalb rufe ich dich an. Ist denn das Baby schon da?«

»Ich weiß es nicht, mir sagt ja keiner was. Seit drei Stunden erreiche ich weder Jasper noch Billi. Ich bin mit meinen Nerven völlig am Ende.«

»Oh.« So gut es geht, versucht sie nun, die besorgte werdende Großmutter zu beruhigen, und nachdem dies halbwegs gelungen ist, macht sie sich daran, Svenja zu erreichen. Doch die hebt nicht ab.

Als endlich die Glastür zum Großraum aufgestoßen wird, freut sie sich zu früh.

»Jambo!«

Gut gelaunt hängt Thomsen seine Jacke auf und steuert die Kaffeeküche an. »Der Petersen hat die Pressekonferenz wieder abgesagt. Er hat völlig zu Recht erkannt, dass die bei der derzeitigen Faktenlage bloß in einem Desaster enden würde.«

»Sehe ich auch so.«

Sophie nickt ihm zu, und während er sich eine Tasse Kaffee einschenkt, platzt es aus ihr heraus.

»Ich werde mit Taako zusammenziehen.«

Thomsen dreht sich irritiert zu ihr um.

»Äh ... gratuliere.«

»Danke.«

In der peinlichen Stille danach fühlen sich beide nicht wohl.

»Wo stecken die anderen?«, fragt er.

»Kommen bald.« *Hoffe ich jedenfalls*, fügt sie in Gedanken hinzu.

»Wollen wir in der Zwischenzeit den Fall durchsprechen?«, bietet ihr Chef nun an.

»Ja«, seufzt sie erleichtert. »Ich habe mir schon einiges dazu überlegt.«

Während Sophie all ihre Überlegungen zusammenfasst, zeichnet sie auf dem Whiteboard mit verschiedenfarbigen Stiften die Beziehungen aller Beteiligten nach.

»Wir sind immer davon ausgegangen, dass der Mörder einer aus der Gruppe sein muss. Doch je mehr ich darüber nachdenke, desto mehr komme ich zu der Überzeugung, dass es niemand aus dieser Freundesgruppe gewesen sein kann.«

»Ach ja?«

»Ja. Rieke hätte vom Motiv her gepasst, aber es war schon fraglich, ob sie genügend Kraft hatte, um Knut zu strangulieren. Als Nadjas Mörderin kommt sie nun keinesfalls in Betracht, weil sie zu diesem Zeitpunkt bereits tot war.«

»Kapier ich«, brummt Thomsen sonnig. »Knut und Rieke sind raus.«

»Dann dachten wir, Torben wäre der Mörder, immerhin hat Rieke ihn mit ihrer WhatsApp-Nachricht sehr belastet. Doch dann starb Nadja, während wir ihn in Gewahrsam hatten. Somit ist er auch raus.«

»Ich kann dir problemlos folgen.« Thomsen schlürft genüsslich seinen Kaffee und lehnt sich entspannt zurück. »Nadja und Torben sind ebenfalls raus. In diesem Fall bleiben bloß noch Ubba und Fedder

Roeloff übrig«, schlussfolgert er haarscharf. »Ich veranlasse mal die Haftbefehle.«
Er krempelt die Ärmel hoch und greift zum Hörer.
»Es wäre logisch, wenn es die beiden waren, weil sie sozusagen übrig bleiben«, stimmt Sophie zu. »Aber ich bin mir nicht sicher, ich meine, es ergibt irgendwie keinen Sinn. Warum sollten die Gastgeber plötzlich alle ihre Freunde töten, die haben doch gar kein Motiv?«
»Ach, das erzählen sie uns dann schon, wenn wir sie lange genug verhören.«
»Oder auch nicht. Vielleicht ist der Täter doch nicht aus dieser Gruppe, vielleicht müssen wir nach jemand anderem suchen – jemanden, der die gesamte Gruppe hasst.«
»Dann denkst du, dass die beiden Roeloffs ebenfalls auf der Abschussliste stehen?«
»Es wäre möglich.«
»Das ist schon ziemlich spekulativ.«
»Klar, aber . . .«
Das plötzliche elektronische Möwengekreisch unterbricht ihre Argumentation. *Kommissar Jasper Hinrichs* steht auf dem Display.
»Jasper, endlich! Ist alles okay?«
»Mehr oder weniger. Ich bin gerade im Krankenhaus.«
»Mit Billi?«
»Nein. Mit Svenja.«
»Was ist passiert?«
»Lange Geschichte. Kannst du bitte dem Rüden ausrichten, dass wir uns ein wenig verspäten?«
»Klar.«
Die Leitung ist wieder tot und Sophie guckt ihren Vorgesetzten verdutzt an.

»Jasper und Svenja verspäten sich ein wenig.«

»In Ordnung«, kommentiert er sonnig. »Dann kannst du mir in aller Ruhe deine Theorie weiter erklären.«

»Ja, äh, also, der Täter könnte von außerhalb dieser sechsköpfigen Freundesgruppe kommen und aus irgendeinem Grund...«

»... an dieser Gruppe Rache nehmen. Das hatten wir schon. Bloß wie spüren wir ihn auf?«

»Nun, wir haben die Handys von Knut und Rieke, das von Nadja wurde leider nicht gefunden, aber vielleicht können wir die Kontakte von Torben Schluff und den Roeloffs einsehen. So können wir die Personen herausfiltern, die alle kennen.«

»Das ist schlau.«

»Außerdem müssen wir unbedingt Ubba und Fedder nochmals befragen, wer als Racheengel infrage kommen könnte.«

»Klingt auch logisch. Aber wie gelangte dieser *externe Racheengel* während des Spiels am Sonnabend um Punkt neun Uhr auf die Terrasse der Roeloffs, wenn ihn niemand hereingelassen hat?«

»Ja, das ist der Knackpunkt. Wie kam er ungesehen hin und wieder weg?«

Sophie sieht ihren Chef fragend an, doch der zieht nur die Augenbrauen hoch.

»Vielleicht war er schon da?«, rät er dann ins Blaue. »Hielt sich versteckt, bis der Moment günstig war.«

Sophie kneift die Augen zusammen und sucht aus ihrem Stapel von Unterlagen jene Fotos heraus, auf denen möglichst viel von der Terrasse zu sehen ist.

»Da kommt eigentlich nur dieser kleine Werkzeugschuppen hier infrage.«

»Der hier?« Thomsen legt den Finger auf die entsprechende Stelle des Fotos. »Der war verschlossen, genauso wie das hintere Tor im Zaun. Beides mit einem Vorhängeschloss.«

»Ich weiß, aber dieser Zustand lässt sich leicht ändern. Klick klack.« Zur Verdeutlichung macht Sophie eine typische Aufsperrgeste.

»Du denkst, es kam einer, sperrte das hintere Schloss auf, schlüpfte in den Garten, sperrte es wieder zu und versteckte sich im Schuppen?«

»Wär' doch möglich.«

»Aber er hätte auch noch den Schlüssel für den Schuppen haben müssen. Und er musste den Garten queren. Da hätte ihn jemand sehen können«, gibt Thomsen zu bedenken.

»Vielleicht hätte er dann bloß *Moin* gesagt, vielleicht war er nicht nur gut genug mit den Gastgebern befreundet, um in Besitz der beiden Schlüssel zu gelangen, sondern auch, um jederzeit ohne Probleme das Grundstück betreten zu können? Oder er wusste, dass sämtliche Personen aufgrund des Spiels in verschiedenen Räumen waren, die alle keine Fenster Richtung Garten haben.«

»Ist das so?«

»Ja, das habe ich herausgefunden.«

Thomsen schenkt ihr einen anerkennenden Blick.

»In jedem Fall muss dieser jemand sehr gut mit Ubba Roeloff befreundet sein, denn er kann entweder nach Belieben ihr Grundstück betreten, oder er hat sie besucht, nachdem sie das Spiel ausgetüftelt hatte. Das heißt, wir müssen ganz dringend mit dieser Frau sprechen«, schlussfolgert er und greift zu seinem Telefon, das genau in diesem Moment zu läuten beginnt.

»Mann . . . Ja? Wer? Ah, okay. Soll hochkommen.«

Er sieht nun seine Oberkommissarin mit besorgtem Blick an.

»Torben Schluffs Ehefrau ist hier. Sie behauptet, ihr Mann wäre verschwunden.«

26

Die zarte Asiatin mit den langen schwarzen Haaren, die nun den Großraum betritt, trägt einen etwa einjährigen Jungen auf dem Arm. Einen zweiten, ungefähr drei Jahre alt, hält sie an der Hand.

In ihrem Gesicht spiegelt sich pure Empörung. Sie setzt den Kleinen neben seinem Bruder auf dem Boden ab und kramt freiwillig ihre Papiere aus der Handtasche, die belegen, dass sie Samantha Schluff heißt und aus Manila stammt.

»Ich bin Ehefrau. Meine Mann nicht Hause kommen. Aber Anwalt sagt ja. Warum nicht lassen frei? Er kein Mörder!«

Hinter all der Empörung sitzt ihr die Angst tief in den Knochen und die bricht nun mit aller Macht hervor, als der Hauptkommissar ein wenig verunsichert zu seiner Oberkommissarin hinüberblickt.

»Äh, haben wir doch, oder?«

Sophie nickt. Sie greift sofort zum Telefon, um bei der zuständigen Kollegin rückzufragen.

»Ja, Schluff, mit zwei *f* am Ende. Ja, aha. Okay danke.«

»Doch ja, der wurde gestern um siebzehn Uhr

entlassen.«

Die zarte Frau beginnt nun zu weinen und sich zu krümmen.

»Bitte setzen Sie sich doch.«

Thomsen packt beherzt zu und bugsiert sie zu einem Besucherstuhl. Anschließend sammelt er die Kinder auf und setzt sie ihr auf den Schoß.

»Ich rufe den Anwalt Ihres Mannes an, vielleicht weiß der etwas«, erklärt Sophie und zückt ihr Handy.

Ralf Theissen hebt erst nach dem siebten Klingeln ab und er klingt anders als sonst. Ein wenig verhalten.

»Wir haben hier eine seltsame Situation im Büro . . .«, beginnt Sophie.

»Tut mir leid«, unterbricht er sofort. »Das habe ich nicht gewollt. Ich dachte, er wäre okay für dich, weil du nun fix mit Taako zusammen bist.«

»Wovon redest du?«

»Äh, du hast doch angefangen . . . von wegen seltsamer Situation im Büro und so . . .«

Sophie runzelt die Stirn, während sie versucht zu begreifen, was ihr langjähriger Freund und ehemaliger On-off-Bettgenosse da von sich gibt. Erst als Svenja – strahlend wie der neue Morgen – zur Tür hereinspaziert, ist ihr alles klar.

»Oh Mann«, stöhnt sie kopfschüttelnd. »Du wirst ihr das Herz brechen.«

»Äh . . . also das . . .«

»Ralf, hör zu, ich ruf aus einem anderen Grund an: Torben Schluffs Ehefrau ist samt den Kindern hier. Sie sagt, er wäre nicht heimgekommen.«

»Ach? Warum nicht?«

»Das versuche ich gerade herauszufinden. Wir haben ihn um siebzehn Uhr entlassen. Hat er sich danach noch bei dir gemeldet?«

»Ja, er hat ungefähr um diese Uhrzeit angerufen und sich bedankt.«

»Hat er erwähnt, was er vorhat?«

»Nein, und ich hab auch nicht gefragt.«

»Nun denn, danke trotzdem – für die aufschlussreichen Infos«, erklärt Sophie bewusst zweideutig.

»Moment, warte, er hat jemanden getroffen. Da war so ein Moin-Gequatsche, wie ihr es pflegt, am Ende unseres Telefonats. Und die Stimme war männlich. Ja, ein Mann hat ihn begrüßt, während wir uns am Telefon verabschiedet haben.«

»Konntest du einen Namen verstehen?«

»Nee, Name wurde keiner genannt.«

»Tja«, meint Sophie zu der verängstigten jungen Frau, an deren Hals nur noch der kleinere der beiden Jungen hängt. Svenja hat in der Zwischenzeit den größeren mit Papier und Stiften an ihren Tisch gelockt. »Wir haben keine Hinweise über den Verbleib Ihres Mannes. Möglicherweise hat er nach seiner Entlassung jemanden getroffen. Haben Sie eine Ahnung, wo er mit einem Freund hingegangen sein könnte?«

»English, please«, bittet sie. »Meine Deutsch so schlecht.«

»Okay.«

Nachdem Sophie alles so gut wie möglich mit ihrem Schulenglisch übersetzt hat, schüttelt Frau Schluff den Kopf und beginnt erneut zu weinen.

»Vielleicht Boot?«, schluchzt sie.

»Er hat ein Boot?«

Sie nickt, während die Tränen nur so kullern.

»Ich habe auch ein Boot«, erklärt Thomsen. »Ich gehe mit Ihnen nachsehen.«

An der Tür dreht er sich noch einmal um. »Meerkatz, du hast hier das Kommando. Diese Ubba hat höchste Priorität.«

»Auf jeden Fall«, erwidert Sophie. *Ein schneller Kaffee muss aber noch drin sein,* fügt sie in Gedanken hinzu.

Als Svenja den Dreijährigen seiner Mutter zurückgibt, fällt Sophie der Gips an ihrem Unterarm auf. Jetzt ergibt Jaspers Aussage mit dem Krankenhausbesuch einen Sinn. Neugierig folgt sie ihrer Kollegin in die Kaffeeküche, wo jene mit einem entrückten Glitzern in den Augen vor sich hin summt.

»Was ist passiert?«

»Kleiner Liebesunfall.« Svenja kichert.

»Liebesunfall?« Sophie runzelt die Brauen. »Ich habe auch meine Erfahrungen in Liebesdingen, aber ich musste nie hinterher mit 'nem Bruch ins Krankenhaus.«

»Ist kein Bruch, das Handgelenk ist bloß ein wenig angeknackst. Und *er* kann nichts dafür. Schuld allein ist der altersschwache Küchentisch meiner Schwester.«

»Sag nicht...«

»Doch, das Kackding ist unter mir zusammengebrochen...«

Sophie schüttet sich nun aus vor Lachen. »Da kannst du froh sein, dass nicht mehr passiert ist.«

»Kannste laut sagen«, erklärt Jasper, der plötzlich im Türrahmen auftaucht. »Das hat gekracht in einer Lautstärke, dass ich dachte, die ganze Küche wär 'n Stockwerk tiefer gerutscht.«

Sophie wirft ihrem Kollegen einen erstaunten Blick zu.

»Du warst dabei?«

Er verzieht gequält das Gesicht. »Das möchte ich lieber nicht vertiefen.«

»Nun, in diesem Fall wird Svenja mich zu Ubba Roeloff begleiten.« Sie zwinkert ihr zu. »Schließlich möchte ich auf der Fahrt unterhalten werden.«

27

Nachdem Svenja ihre turbulente Liebesnacht sowie den noch aufregenderen Morgen mit ihrer Kollegin geteilt hat, ohne den Namen jenes absolut göttlichen Liebhabers zu nennen, sieht sie Sophie plötzlich verlegen an.

»Ich hoffe, du bist nicht böse, wenn ich dir sage, wer es ist . . .«

»Bin ich nicht«, unterbricht Sophie.

»Du weißt es?«

»Ja. Er hat sich heute Morgen schon verplappert, als wir telefoniert haben.«

»Ach.« Svenja guckt kurz verdutzt, doch dann beginnen ihre Augen wieder zu strahlen. »Da bin ich aber erleichtert. Es macht dir nichts aus?«

»Wieso sollte es?«, erklärt Sophie achselzuckend und unterdrückt die Erinnerung an das irritierende Kribbeln, als Ralf gestern vor ihr stand. »Ich bin glücklich mit Taako, und ich habe schließlich keine Eigentumsrechte an einem ehemaligen Klassenkameraden.«

»Da bin ich aber erleichtert«, erwidert Svenja.

Während Sophie nun in die Straße einbiegt, in der

die Roeloffs wohnen, wirft sie einen kurzen Seitenblick auf ihre Kollegin. Sie sieht so glücklich aus. Viel zu glücklich. Hoffentlich wird das kein bitteres Erwachen.

Vor der Roeloff'schen Villa sind keine Parkplätze frei und so parkt sie kurzerhand in der Garageneinfahrt. Bevor sie aussteigt, wird sie wieder dienstlich.

»Wir haben jetzt schon drei Tote, alle aus dem gleichen Freundeskreis. Spätestens morgen ist das in allen Zeitungen und dann wird die Nervosität steigen. Bei den Roeloffs ebenso wie bei unseren Vorgesetzten. Wir müssen so schnell wie möglich jenen Menschen identifizieren, der hinter all dem stecken könnte.«

»Und wenn es die Roeloffs selbst sind?«, fragt Svenja. »Dann begeben wir uns jetzt genau in die Höhle des Löwen.«

»Das hat der Rüde auch schon vermutet, bloß will mir kein Motiv einfallen.«

»Mir auch nicht, aber das muss nicht heißen, dass sie keines haben.«

»Okay, wir lassen Vorsicht walten.« Sophie legt die Stirn in Falten und greift zum Handy. »Ich organisiere besser ein Back-up für uns.«

* * *

Ubba Roeloff öffnet persönlich die Tür und es ist ihr anzusehen, dass die letzten Tage sehr belastend waren. Ihre sonst so perfekt gestylten Haare wirken dünn und fettig, und anstelle der exquisiten Designerkleidung trägt sie bloß bequeme Freizeitsachen aus Satin. Die dunklen Schatten unter ihren Augen verraten, dass sie schlecht geschlafen hat.

»Kommen Sie rein, ich habe frischen Tee aufgebrüht.«

Im Wintergarten, wo sie auf bequemen Rattanstühlen Platz nehmen, ist es recht kühl.

»Ich überlege, den Kamin anzumachen«, erklärt Ubba. »Finden Sie, es ist dafür noch zu früh?«

Sophie zuckt die Schultern, aber Svenja reagiert sofort.

»Kein Bisschen. So 'n Feuerchen ist eigentlich immer perfekt.«

»Ja? Finden Sie auch?«

»Auf jeden Fall.«

»Frau Roeloff«, beginnt Sophie, als die Dame des Hauses das Feuer entfacht und sich zu ihnen gesetzt hat. »Die Situation ist wirklich ernst. Ich muss Ihnen mitteilen, dass wir auch Rieke Wilken und Nadja Melk tot aufgefunden haben.«

»Nein! Oh mein Gott.« Sie schlägt sich die Hand auf den Mund und ihre Augen füllen sich mit Tränen. »Deshalb heben die nicht ab. Und ich dachte, die wollen nichts mehr mit mir zu tun haben, weil sie denken, dass ich an Knuts Tod schuld bin . . . weil ich doch das Spiel veranstaltet habe . . . und dabei, oh mein Gott, wie schrecklich . . . was ist denn bloß passiert?«

»Wo ist denn Ihr Mann?«, antwortet Sophie mit einer Gegenfrage.

»Im Einkaufscenter . . . dort ist sein Lieblings-Käseladen.«

»Wann kommt er wieder?«

»Vermutlich in 'ner Stunde. Er trinkt nach dem Einkaufen gerne noch 'nen Kaffee am Hafen.«

»Rufen Sie ihn an, bitte, nur zur Sicherheit, ob alles

in Ordnung ist.«

»Okay...«

Ein wenig verunsichert angelt Ubba nach ihrem Telefon.

»Er geht nicht ran«, flüstert sie nach dem elften Läuten und ihr Hautton wird noch eine Spur blasser.

Sophie verzichtet darauf, ihr zu sagen, dass auch Torben Schluff vermisst wird und fasst stattdessen kurz zusammen, was Rieke und Nadja widerfahren ist, wobei sie ermittlungstechnisch relevante Details bewusst auslässt.

»Das ist so schrecklich«, schnieft Ubba. »Jetzt sind beide Wilkens tot. Wer hatte bloß etwas gegen die beiden? Und warum Nadja? Hat sie denn etwas gewusst? Wurde sie dem Täter gefährlich?«

»All das wissen wir noch nicht«, gesteht Sophie zu, »deshalb müssen wir so viel wie möglich über die drei erfahren.«

»Das verstehe ich, und ich möchte helfen. Was genau wollen Sie denn wissen?«

»Haben die Toten oder einer von ihnen jemanden gegen sich aufgebracht?«

Ubba schüttelt bedrückt den Kopf.

»Nicht, dass ich wüsste. Und Rieke hätte mir sicher davon erzählt. Sie hat alle Sorgen mit mir geteilt. Und Nadja auch. Das war vielleicht eine abstruse Situation! Die eine jammerte wegen der Seitensprünge ihres Mannes und die andere prahlte damit und zeigte mir den Schmuck, den sie von ihm geschenkt bekam.«

»Mussten Sie sich da nicht für eine Seite entscheiden?«, fragt Svenja, die bisher bloß ruhig zugehört hat.

»Nee, hab ich nicht gemacht. Ich mochte sie beide.«

Mit glasigen Augen greift Ubba nach einem Taschentuch, um sich zu schnäuzen. »Ich hab wirklich keine Ahnung, wer die beiden so sehr gehasst hat. Ich schwöre, das hätten die mir erzählt . . .«

»Nun gut, dann erzählen Sie ganz allgemein von Ihren Freundinnen. Alles, was Ihnen einfällt.«

»Wir waren in derselben Abschlussklasse, eine ganze Freundesgruppe. Rieke war immer schon reich, und wir anderen träumten davon, es zu werden.«

»Wer war da dabei?«

»Außer Nadja und Rieke noch Gerrit Oltmann, Lena Ebert und Mark Fischer.«

»Also waren Sie vier Mädchen und zwei Jungs. Sorgte das nicht für Spannungen?«

»Nie. Keine von uns Mädchen hatte je etwas mit Gerrit oder Mark. Das war bloß Freundschaft. Eine wunderbare Freundschaft, die bis heute anhält.«

»Nun, Lena, Mark und Gerrit waren aber bei dem Spieleabend nicht dabei.«

»Bloß dieses Mal. Beim letzten vor vier Wochen schon.«

»Ach.« Sophie blickt erstaunt auf. »Da haben sie zu neunt gespielt?«

»Ja, und wir hatten unglaublich viel Spaß.« Ubba schluchzt nun von Neuem los. »Ich weiß gar nicht, wie plötzlich alles so kommen konnte.«

28

Sophie wartet geduldig, bis Ubba Roeloffs Weinkrampf zu Ende geht. Danach nimmt sie die Befragung wieder auf.

»Warum haben Mark, Gerrit und Lena dieses Mal nicht mitgemacht?«

»Mark ist ein Workaholic. Er ist Programmierer. Er arbeitet viel in der Nacht und er ist selbstständig. Wenn er einen Auftrag hat, dann arbeitet er durch. In diesen Phasen hören und sehen wir oft tage- oder wochenlang nichts von ihm.«

»Und er hatte wieder 'nen Auftrag?«

»Ja, das sagte er.«

»Und Gerrit?«

»Der ist übers Wochenende weggefahren. Das hat er mir schon zwei Wochen vorher erzählt.«

»Und Lena?«

»Die ist krank geworden und hat mir kurzfristig abgesagt. Am Freitagnachmittag erst. Daraufhin musste ich das ganze Spiel umplanen. Sie wäre eigentlich die Mörderin gewesen.«

»Ach.« Sophie notiert sich das.

»Das war 'ne Menge Arbeit. Ohne Gerrit hätte ich

das gar nicht geschafft.«
»Er hat geholfen, das Spiel neu zu planen?«
»Ja.«
»Wann?«
»Freitagabend. Vorher wusste ich es ja noch nicht.«
»Und Gerrit hatte Zeit? So kurzfristig? Trotz seines bevorstehenden Wochenendtrips?«
»Ja, er fuhr erst Samstagvormittag nach Lübeck. Freitagabend war kein Problem.«
»Und Fedder? Hat er auch mitgeholfen?«
»Nein, der machte 'nen Spaziergang. So 'ne Spielplanung ist nichts für ihn, da ist er zu wenig kreativ für.«
»Wer hat denn nun vorgeschlagen, dass Rieke die Mörderin sein sollte?«
»Ich glaube, das war ich. Ich wollte ihr etwas Gutes tun. Ich hatte den Eindruck, dass sie sich beim letzten Spiel ein wenig langweilte.«
»Und wer hat das Opfer ausgesucht?«
»Auch ich, aber das stand ja schon vor der Umplanung fest.«
»Verstehe. Hat Gerrit in irgendeiner Form auf den Spielablauf Einfluss genommen? Wer sich wann wo aufhalten sollte, zum Beispiel?«
»Wie meinen Sie das jetzt? Denken Sie, er hat etwas damit zu tun? Er war ja nicht einmal hier, als es passierte.«

Ubbas Mobiltelefon klingelt nun und vor Aufregung springt sie von ihrem Platz hoch.

»Es ist Fedder«, seufzt sie erleichtert und nimmt das Gespräch an. »Liebling, ist alles okay bei dir?«

»Klar, warum auch nicht?«, kommt es so laut zurück, dass Sophie es problemlos mithören kann.

Nachdem ihr Ehemann versichert hat, dass er ohnehin schon auf dem Heimweg ist, legt Ubba wieder auf.

»Bitte schreiben Sie nun für mich alle Kontaktdaten von sämtlichen Freunden auf, die mit den Toten zu tun hatten«, verlangt Sophie. »Und von allen Personen, die Zugang zu Ihrem Haus, beziehungsweise dem Grundstück haben.«

»Mhm, lassen Sie mich nachdenken. Außer Fedder und mir hat nur unsere Putzfee einen Schlüssel vom Haus . . . und der Gärtner, aber bloß vom hinteren Gartentor.«

»Sie meinen das mit dem Vorhängeschloss?«

»Ja. Da hat er 'nen Schlüssel von und auch vom Geräteschuppen.«

»Gut, dann notieren Sie bitte seine Kontaktdaten ebenfalls.«

»Natürlich. Aber warum sollten unsere Angestellten unsere Freunde umbringen?«

»Das ist die Kernfrage. Warum sollte das überhaupt jemand tun? Und wer könnte das sein?«

Das elektronische Möwengeschrei füllt plötzlich den Raum und während Ubba irritiert um sich guckt, nimmt Sophie den Anruf an.

»Ich bin mit der kleinen Schluff am Hafen«, dröhnt Thomsens lauter Bass an ihr Ohr. »Vom Boot fehlt jede Spur – genauso wie von ihrem Mann. Am Handy ist er auch nicht erreichbar. Ich habe gerade mit der Küstenwache telefoniert, die suchen ihn schon. Ist bei euch alles okay?«

»Ja. Svenja und ich fahren demnächst zurück ins Büro. Jasper könnte schon mal die Häfen durchrufen.«

»Tolle Idee, Meerkatz. Wir sehen uns.«

Ubbas Augen flackern ängstlich.

»Torben wird vermisst?«

Sophie nickt notgedrungen. Thomsens lautes Organ war schließlich nicht zu überhören.

Ubba presst eine Hand an ihre Brust.

»Oh mein Gott, mein Herz pumpt wie verrückt. Diese ganze Geschichte macht mir eine höllische Angst.«

29

Jasper ist mitten in einem Telefonat, als Sophie und Svenja in den Großraum der Kripo Husum zurückkehren.

»Ich sagte *Möwe*. Ich soll das buchstabieren? Ernsthaft? Ja, ich weiß auch, dass man Eigennamen unterschiedlich schreiben kann. Aber *Möwe* ist *Möwe*. Nein, mit *w*, nicht mit *v*. Und ohne stummes *h*«, fügt er gleich vorsorglich mit hinzu. »Nein, ich mache mich nicht lustig. Ich wollte bloß helfen . . . ach, das hilft nicht? Okay.«

Jasper knallt den Hörer auf die Gabel.

»Leute gibts!«

»Wie viele Häfen hast du schon durch?«, will Svenja wissen.

»Alle südlich von Husum bis Cuxhaven.«

»Dann versuch mal dein Glück bei den nördlichen.«

»Wahnsinnstipp! Wäre ich allein nicht drauf gekommen.«

»Okay, okay . . .« Svenja folgt Sophie in die Kaffeeküche. »Der hat heute vielleicht 'ne Laune.«

Sophie wirf ihr einen Seitenblick zu, während sie zur Kaffeekanne greift.

»Ist sicher nicht leicht für ihn, ich meine, die Situation mit seiner schwangeren Freundin.«

»Heilige Scheiße, daran hatte ich gar nicht gedacht. Seit gestern füllen die Gedanken an Ralf jeden Winkel meines Gehirns aus. Oh Mann, der Typ hat mir buchstäblich den Verstand rausge . . .«

»Dagebüll!!!«, brüllt Jasper in einer Lautstärke, dass Sophie sich an ihrem Kaffee verschluckt. »Die *Möwe* hat in Dagebüll angelegt.«

Als Sophie und Svenja mit ihren Kaffeetassen in den Großraum zurückkehren, telefoniert Jasper mit dem Chef.

»Ja, Rüde, in Dagebüll. Das weiß ich nicht. Soll ich Kollegen hinschicken? Okay.«

»Als ob ich wüsste, ob der Herr Schluff an Bord ist«, murmelt er, während er die Nummer der Dienststelle in Dagebüll heraussucht.

Bevor er fündig wird, läutet sein Telefon erneut.

»Hinrichs . . . ja, wir haben vorhin telefoniert . . . wegen der Möwe, ganz genau. Oh . . . das ist allerdings schlecht . . . verstehe. Lassen Sie niemanden in die Nähe, wir sind unterwegs.«

»Ach, nee«, stöhnt Sophie, in der bereits eine Vorahnung aufkeimt. »Torben Schluff?«

»Ja.« Jasper steht auf und nimmt mit grimmiger Miene seine Jacke vom Haken. »Das war der Hafenmeister. Mein Anruf hat ihm keine Ruhe gelassen, da ist er nachgucken gegangen.«

30

Viel zu viele Menschen drängen sich gleichzeitig auf dem beschränkten Platz unter Deck. Die *Möwe* ist eine dreißig Fuß lange Segeljacht, die neben einer Kabine im Bug eine Kombüse und Platz für einen Tisch und zwei Bänke bietet. Auf einer davon ist Torben Schluffs toter Körper zu liegen gekommen – mit verrenkten Gliedmaßen und nach unten hängendem Schädel.

Während Sophie den Toten betrachtet, hält sie sich mit beiden Händen an der Deckenverstrebung fest. Dadurch, dass ständig Leute auf das Boot springen, oder es wieder verlassen, kommt es zu abrupten Schwankungen, und sie möchte unter gar keinen Umständen ihr Gleichgewicht verlieren und gegen den Fotografen stoßen – oder gar auf der Leiche landen.

Bei dem Toten handelt es sich ohne jeden Zweifel um den vermissten Schluff. Sein Hinterkopf ist zertrümmert. Die auf der Glatze gut sichtbare tiefe Wunde lässt auf einen einzigen wuchtigen Schlag schließen. Sein Gesicht wurde unversehrt gelassen, wie auch sein restlicher Körper. Zumindest kann Sophie auf den ersten Blick keine weiteren Verletzungen erkennen. Schluff trägt noch die dieselbe Kleidung, die ihr aus der gestrigen Vernehmung bekannt ist. Das bestätigt die Aussage seiner Ehefrau, dass er nach seiner Entlassung nicht nach Hause gekommen ist.

Ansonsten ist hier nichts auffällig. Keine benützten Gläser, kein Geschirr, keine Spuren eines Kampfes. Nichts. Bloß ein Toter mit eingeschlagenem Schädel.

Der vierte in der Reihe.

Als Dr. Aiko Emmermann in seiner üblichen blauen Windjacke den Niedergang heruntersteigt, weicht sie freiwillig in die Schlafkabine aus. Während sie sich dort umsieht, ertönt das elektronische Möwengekreisch aus ihrer Jackentasche.

Ralf Theissen schreibt das Display.

»Ja?«

Im Hintergrund hört sie ein kleines Kind schreien.

»Hi Sophie. Ich bin gerade bei der Frau meines Mandanten. Sie hat schreckliche Angst um ihren Mann, ich kann sie kaum beruhigen . . .«

»Ja, da habe ich leider keine guten Nachrichten. Wir haben ihn gefunden, aber leider nicht lebend.«

»Verdammt. Was ist passiert?«

»Wissen wir noch nicht. Sein Boot liegt in Dagebüll, mehr darf ich dir aus ermittlungstechnischen Gründen nicht sagen . . .«

»Halleluja, was läuft da?«

»Das würde mich auch interessieren.«

»Oh Mann, wie soll ich das bloß seiner Frau beibringen? Die ist jetzt schon völlig durch den Wind. Dazu die kleinen Kinder, die plärren wie am Spieß. Ich denke, ich verschiebe meine morgigen Termine in Hamburg und bleibe noch 'ne Nacht hier.«

»Tolle Idee. Aber bitte tu uns allen einen Gefallen und brich Svenja nicht noch den zweiten Arm.«

»Wie bitte?«

»Sie trägt einen Gips.«

»Quatsch. Als ich ging, sagte sie, sie wäre okay.«

»Tja. Ist sie nicht. So 'n Sturz vom Küchentisch ist eben nicht ohne.«

»Mann . . .«, stöhnt Ralf und Sophie kann an seinem Tonfall hören, wie peinlich ihm die Sache ist. »Das kommt davon, weil alle am falschen Ort sparen, mit diesen billigen Möbeln vom Diskonter – mit massiver deutscher Eiche wäre das nicht passiert.«

So typisch Ralf, denkt Sophie. Sie beendet das Gespräch und verlässt die Kabine, in der sie nichts Ungewöhnliches entdeckt hat. Sie drückt sich an dem Leichenbeschauer vorbei, der gerade die auffällige Delle am Hinterkopf inspiziert, steigt den Niedergang hoch und springt auf den Steg. Dort steht auch ihr Chef, der mit grimmiger Miene sein Handy mit beiden Händen ans Ohr gepresst hält.

»Dann mach es halt!«, brüllt er gegen den Wind an. »Aber wundere dich nicht, wenn dann noch mehr Menschen sterben . . . weil wir keine Zeit haben, den Täter zu suchen, wenn wir den ganzen Tag deine Sonderkommission mit Infos füttern müssen.« Als Zeichen eines Grußes hebt er eine Hand in Sophies Richtung. »Das ist wegen des Windes! Ich versteh dich auch nicht!«

Thomsen legt auf und sein Gesicht ziert zum ersten Mal seit seiner Rückkehr aus Sansibar die altvertraute Grimmigkeit.

»Kriminaldirektor Paulsen will eine SoKo?«, fragt Sophie.

»Er hat mir erklärt, nach vier Leichen wäre für alle offensichtlich, dass wir überfordert sind. Als ob die

Klugscheißer, die er nun zusammentrommelt, den Täter aus dem Hut zaubern könnten! Gleichzeitig bring ich einen Haftbefehl gegen die Roeloffs nicht durch, weil der Verdacht gegen sie nicht konkret genug ist.«

»Das hast du versucht?«

»Ja.«

Emmermann verlässt nun ebenfalls die *Möwe* und springt auf den Steg.

»Lange ist er noch nicht tot. Ich würd mal tippen, dass es in der Nacht passiert ist, oder in den frühen Morgenstunden.«

»Hm«, macht Sophie. »Svenja und ich waren heute bei Ubba Roeloff, sie erweckte nicht den Eindruck, als hätte sie gerade jemanden brutal erschlagen.«

»Und ihr Mann?«

»Der war angeblich im Einkaufscenter. Die beiden haben telefoniert. Er klang ganz entspannt.«

»Svenja soll das Alibi der beiden noch mal nachprüfen.«

»Okay, ich kümmere mich drum. Aber ich denke wirklich nicht, dass die Roeloffs etwas damit zu tun haben. Ich befürchte eher, dass sie die nächsten Opfer sein könnten. Meiner Meinung nach sollten sie Polizeischutz bekommen.«

»Und wer soll den bezahlen?«

»Nun, für die SoKo ist ja offenbar auch Geld da. Das könnte man auch verwenden, um weitere Tote zu verhindern.«

»Na schön, ich rede mit dem Paulsen«, knurrt Thomsen.

»Gut. Ich möchte mir heute noch die weiteren Freunde der Roeloffs vornehmen. Schließlich bestand die ursprüngliche Clique aus Ubbas Schulfreunden, die erst später durch diverse Ehepartner erweitert wurde. Lena Ebert, Mark Fischer und Gerrit Oltmann sind Teil der Kerngruppe und haben bloß – aus unterschiedlichen Gründen – das letzte Spiel ausgelassen.«

»Und die willst du alle heute noch aufsuchen?« Thomsen sieht auf die Uhr.

»Ich weiß auch, dass es schon nach acht ist«, erwidert Sophie, »doch zumindest mit den beiden Männern möchte ich heute noch sprechen, und abends trifft man die Leute am ehesten zu Hause an.«

31

»Wo soll ich dich absetzen? Bei dir zu Hause oder im Büro?«, fragt Sophie ihre Kollegin an der Ortseinfahrt von Husum.

»Im Büro«, entscheidet Svenja. »Ich soll noch die Alibis der Roeloffs nachprüfen und bei der Gelegenheit möchte ich so viel wie möglich über die weiteren Freunde der Gruppe herausfinden. Das Internet ist die beste Quelle dafür.«

»Du meinst Mark Fischer und Gerrit Oltmann?«

»Ja. Und Lena Ebert. Zum Glück ist meine rechte Hand unversehrt.« Sie trippelt demonstrativ mit ihren Fingern auf dem Cockpit des Dienstwagens.

Nachdem Svenja auf dem Parkplatz des Polizeireviers ausgestiegen ist, wechselt Jasper von der Rückbank auf den Beifahrersitz und tippt Gerrit Oltmanns Adresse in das Navigationsgerät.

»Ich denke, wir sollten mit ihm beginnen.«

Sophie nickt. »Warum nicht? Einer ist so gut wie der andere. Wie geht es Billi eigentlich? Du hast noch gar nichts gesagt.«

Er zuckt die Schultern. »Ich weiß auch nichts.«

»Wie, du weißt nichts?«

»Ist eben so. Ich war nicht dabei, als sie ins Krankenhaus kam, und als ich dort ankam, lag sie in einem Zimmer, und ich fand weit und breit keinen Arzt, den ich hätte fragen können. Sie sagte bloß, es wäre falscher Alarm gewesen, angeblich harmlose Vorwehen, und dass sie zur Sicherheit 'ne Nacht dort bleiben sollte. Als die Krankenschwester mich dann rausschmiss, fuhr ich heim, wo die Mutti mich endlos mit Fragen und Vorwürfen quälte, vor allem, weil ich nicht selbst mit einem Arzt gesprochen hatte. Deshalb bin ich um fünf Uhr früh zu Svenja gefahren – um zumindest noch 'ne Mütze Schlaf abzukommen.«

»Das hat ja dann auch nicht geklappt.« Sophie grinst nun.

In Jaspers Gesicht steigt sofort eine Röte auf.

»Doch, zwei Stunden Schlaf waren mir vergönnt, erst danach wurde ich durch den, ähem, Unfall geweckt. Erinnere mich bloß nicht daran, mir war das peinlicher als ihr.«

»Das glaub ich sofort«, lacht Sophie. »Konntest du wenigstens nach Billi sehen, als du mit Svenja im Krankenhaus warst?«

»Ja, sie wurde gerade entlassen. Ich hab sie heim gefahren, bevor ich ins Büro kam. Natürlich konnte ich wieder nicht mit 'nem Arzt sprechen, aber sie meinte, es wäre alles okay, sie solle sich bloß schonen.«

»Dann ist jetzt alles gut?«

»Beinahe . . . wenn die Mutti mich nicht in den Wahnsinn treiben würde. Ich meine, es ist voll lieb von ihr, dass sie uns den gesamten ersten Stock samt Dachboden überlässt – da haben wir wirklich viel Platz – aber sie macht sich ständig Sorgen und hört nicht damit auf, bis sie mich angesteckt hat.«

»Das kann ich mir vorstellen. Wie geht Billi damit um?«

»Die kriegt das nicht ab. Die wird bloß verwöhnt und umschmeichelt. Letztens zum Beispiel hatte Billi schlimmes Sodbrennen. Zu ihr sagte die Mutti, das ist ganz normal, das haben alle und mich nahm sie dann beiseite und sagte, das Baby ihrer Großcousine wäre behindert zur Welt gekommen, nachdem sie über starkes Sodbrennen geklagt hatte.«

»Oh Mann . . .«, seufzt Sophie mitfühlend. »Du hast kein leichtes Leben.«

»Nee, derzeit nicht.«

Im Scheinwerferlicht taucht an der rechten Straßenseite ein unbenutzter Industriegrund auf, auf dem leere Gebäude mit kaputten Fensterscheiben zu erkennen sind.

»Hier irgendwo müsste Gerrits Haus sein«, meint Jasper und sucht angestrengt nach einer Hausnummer. Erst an der nächsten Ecke wird er fündig.

Es ist mehr ein Häuschen als ein Haus und es sieht sehr heruntergekommen aus. In der Dunkelheit wirkt es völlig verlassen. Die Gartentür hängt windschief in den Angeln. Sophie hebt sie zur Seite und geht durch den ungepflegten Vorhof zur Haustür.

Auf ihr Klopfen hin rührt sich nichts. Jasper guckt durch die Fenster. Alles still und nirgendwo brennt Licht.

»Hier ist niemand.«

Sophie geht ums Haus herum und blickt durch die Fenster an der Rückseite. Jasper kommt ihr mit einer Taschenlampe zu Hilfe.

»Nichts«, kommentiert sie enttäuscht, nachdem sie auf diese Art sämtliche Innenräume inspiziert hat.

Das Haus ist zwar ein wenig baufällig und macht einen vernachlässigten Eindruck, aber es ist nicht verwüstet. Keine Scherben, keine offene Hintertür und keine sonstigen Auffälligkeiten. Und auch keine Leiche, soweit Sophie das von außen beurteilen kann.

»Okay«, murmelt sie enttäuscht. »Versuchen wir unser Glück bei Mark Fischer.«

* * *

Mark Fischers Haus liegt etwas außerhalb des Ortsgebietes von Mildstedt. Im Gegensatz zu Oltmanns alter Kate stehen sie nun vor einem topmodernen Kubus, der hauptsächlich aus Glasfronten besteht.

Jasper beäugt den futuristisch anmutenden Würfel skeptisch.

»Also ich würde mich in so 'nem Glaskasten nicht wohlfühlen.«

»Ich auch nicht – für unsere Ermittlungen ist es jedoch von Vorteil. So erkennen wir auf einen Blick, ob drinnen irgendwo Licht brennt.«

Japser kichert zustimmend und rüttelt am Gartentor, das jedoch keinen Millimeter nachgibt. Nachdem es bloß hüfthoch ist, steigt er kurzerhand drüber.

»Du bist mutig heute«, kommentiert Sophie. »Ich halte hier die Stellung.«

Wenige Minuten später ist ihr Kollege wieder zurück – und zwar zutiefst beeindruckt.

»Voll krass, wie geil das Haus auf der Rückseite aussieht, es hat 'ne Mega-Terrasse und 'n Pool, wie aus 'nem Hochglanzkatalog.«

»Und . . .?«

»Ach so. Nichts. Ich hab überall hineingeleuchtet, und nirgendwo war etwas Auffälliges zu sehen – von diesen krassen Möbeln mal abgesehen. Die sind ebenfalls irgendwie würfelig. Aber keine offenen Türen oder Fenster . . . es sieht so aus, als wäre dieser Mark einfach nicht zu Hause.«

»Genau wie bei Gerrit«, murrt Sophie. »Dieser Fall ist ein Albtraum und es ist echt schon spät. Heute können wir nichts mehr tun. Ich fahr dich heim.«

32

Auf dem Weg von Nordstrand, wo Jaspers Mutti ihren Campingplatz betreibt, nach Schobüll, wo Sophie ihr Reetdachhäuschen gemietet hat, versucht sie ihre Freundin telefonisch zu erreichen. Doch die hebt nicht ab.

Stattdessen meldet sich ihr Chef.

»Moin Meerkatz, gibts was Neues?«

»Nee, wir haben niemanden angetroffen. Weder bei Gerrit Oltmann noch bei Mark Fischer. Beide Häuser sind dunkel und verlassen.«

»Wenigstens habt ihr nicht noch mehr Leichen entdeckt. Der Paulsen dreht bereits völlig am Rad! Versammelt sogenannte Experten ohne Ende, aber für die Roeloffs hat er bloß 'ne Streife genehmigt, die dort den Vorder- und Hintereingang abwechselnd bewachen soll.«

»Hm, besser als nichts.«

»So kann man's auch sehen. Vermutlich werden wir morgen schon als lokale Informationszulieferer irgendwo in die Befehlskette eingegliedert.«

»Super«, erwidert Sophie zynisch. »Das hab ich mir immer schon gewünscht.«

»Der Psychologe, ein gewisser Dr. Gall, hat bereits angerufen und alle Unterlagen angefordert. Er wird ein Profil erstellen. Nächste Woche wissen wir dann, ob der Täter zu lange gesäugt oder zu früh auf den Topf gesetzt wurde«, knurrt Thomsen.

Sophie lacht.

»Wenn das so ist, werde ich die Zeit, die uns bleibt, möglichst effektiv nutzen und mit Jasper gleich morgen früh Lena Ebert aufsuchen.«

Während Sophie, angefeuert durch Otellos ungeduldiges Gemaunze, die Katzenfutterdose öffnet, ruft ihre Freundin zurück.

»Moment, das Raubtier geht vor.«

»Kein Problem«, lacht Alex. »Sein Gejammer würde uns ohnehin bloß stören.«

Sophie stellt Otello seine Schale hin und er stürzt sich in gewohnter Manier darauf.

»Nun ist es viel entspannter.«

Sie schenkt sich ein Glas Rotwein ein und lässt sich damit auf der Couch nieder.

»Heute kein Taako?«, fragt Alex.

»Nee, heute nicht. Aber ich habe mich dazu durchgerungen, mit ihm zusammenzuziehen. Ich werde also demnächst übersiedeln!«

»Wow! Das sind ja mal News!«

»Und ich konnte sie heute Morgen mit niemandem teilen!«

»Ach, deshalb hast du angerufen?«

»Ja. Mangels anderer Gesellschaft hab ich den Rüden mit meinen Glücksgefühlen belästigt – das war dann aber eher eine peinliche Situation.«

Alex lacht. »Jetzt habe ich Zeit, wir können so lange

du willst über diesen großen Schritt in deinem Leben reden.«

»Nee, leider, das müssen wir verschieben. Mich bringt dieser Fall um den Verstand. Ich muss heute noch 'ne Arbeitsschicht einlegen, um alles in meinem Kopf zu sortieren.«

»Mitten in der Nacht?«

»Ja, tagsüber bleibt zum Nachdenken keine Zeit. Ständig poppen neue Leichen auf. Mittlerweile haben wir schon vier Morde.«

»Tragen die alle dieselbe Handschrift?«

»Nein. Das erste Opfer wurde mit 'nem Draht erwürgt, das zweite mit 'ner Überdosis Schlafmittel totgespritzt, das dritte mit 'nem Klebeband erstickt und dem vierten auf seinem Boot der Schädel eingeschlagen.«

»Also könnten es auch mehrere Täter gewesen sein«, schlussfolgert Alex.

»Theoretisch.«

»Du glaubst es nicht?«

»Ich weiß es nicht. Was ist wahrscheinlicher? Mehrere Täter in einer einzigen Freundesgruppe oder jemand, der die gesamte Gruppe hasst und deshalb einen nach dem anderen tötet?«

»Hast du jemanden in Verdacht?«

»Eben nicht. Drei Personen der ursprünglichen Clique haben wir noch nicht mal kennengelernt... der Rüde denkt, die Roeloffs stecken dahinter, aber ich weiß immer noch nicht, was ich von den beiden halten soll. Ubba ist so ein Typ kreativer Gutmensch, ein wenig umständlich bei allem und ausgesprochen gastfreundlich. Und ihr Mann, Fedder, vermittelt das Bild eines Parade-Intellektuellen. Mit seinem

Rollkragenpulli und der John-Lennon-Brille. Außerdem wirkt sein Gang irgendwie achtsam. Als ob er jeden Schritt bewusst setzt. Ich vermute hinter seiner weltmännischen Fassade eher einen vorsichtigen, unsicheren Menschen. Der Täter hingegen muss unglaublich diszipliniert, organisiert und willensstark sein. Dazu fit und kräftig. Vier Leichen in vier Tagen, das ist ein straffer Zeitplan.«

»Da hast du recht«, gesteht Alex zu.

Sophie blickt nachdenklich in ihr Weinglas, schwenkt es hin und her und trinkt es schließlich aus.

»Die ganze Zeit frage ich mich, wie geht es weiter? Ist es zu Ende, oder müssen noch mehr Menschen sterben?«

33

Mitten in der Nacht stützt Sophie ihren Kopf in beide Hände und starrt auf ihre Aufzeichnungen.

Folgendes hat sie notiert:

Gemeinsamkeiten:

Der Täter muss Zugang zur Terrasse der Roeloffs gehabt haben. Entweder war er anwesend oder er hatte einen Schlüssel, um in den Garten zu gelangen.

Der Täter ist von Rieke selbst ins Haus gelassen worden.

Der Täter wurde auch von Nadja in die Wohnung gelassen.

Dem Täter wurde Zugang zur Möwe gewährt. Vermutlich ebenfalls freiwillig, denn Hinweise auf ein gewaltsames Eindringen wurden nicht gefunden.

Schlussfolgerungen:

1. Der Täter muss ein "Freund" gewesen sein. Alle Opfer haben ihm offenbar vertraut.

2. Der Täter ist männlich – denn zwei unabhängige Zeugenaussagen liegen vor, die darauf hindeuten, dass die Opfer kurz vor dem Tod Besuch von einem Mann hatten.

Ralf hat eine männliche Stimme gehört, als er nach Torben Schluffs Entlassung mit seinem Mandanten telefoniert hat. Und die Nachbarin aus Nadja Melks Wohnhaus hat einen Mann – mit Baseballkappe – zur Tatzeit aus dem Haus kommen sehen.

Sophie seufzt. Normalerweise hätten sie längst einen Phantombildzeichner zu der alten Dame geschickt, doch bei dem Tempo, das der Mörder vorgibt, bleibt kaum Zeit für ordentliche Ermittlungsarbeit.

Ihr Handy meldet mit einem *Ping* das Eintreffen einer Nachricht. Sie sieht nach und stellt überrascht fest, dass Svenja um diese nächtliche Zeit ebenfalls noch arbeitet.

Moin Sophie, der Rüde hat mich beauftragt, Infos für die neue SoKo zusammenzustellen, aber ich denke, dich interessiert es auch. Liebe Grüße, Svenja.

Mit einem gezielten Doppelklick öffnet Sophie den Anhang. In einem umfangreichen Dokument wurden Informationen über sämtliche verbleibende – noch lebende – Schulfreunde und deren Ehepartner zusammengefasst und mit Quellenangaben untermauert.

Neugierig scrollt sie die Seiten durch. Über Fedder Roeloff und seine Firmen gibt es seitenweise Informationen. Auch über Rieke Wilken und ihre Familie gibt es spannendes Hintergrundmaterial, über Nadja Melk schon weniger und über Lena Ebert und Mark Fischer fast nichts. Über Gerrit Oltmann hingegen gibt es unzählige Zeitungsberichte. Von all diesen Menschen hat er zweifelsfrei die schwersten Schicksalsschläge verkraften müssen.

Sophie schaltet ihren Drucker an, schenkt sich noch

ein Glas Rotwein ein und macht es sich mit dem neuen Lesestoff auf der Couch gemütlich.

Als der Schlaf sie übermannt, ist sie gerade mit der philosophischen Frage beschäftigt, ob die Bewältigung psychischer Traumata jemanden zu einem besseren oder schlechteren Menschen macht.

Schlechte Spieler verlieren auch mit guten Karten

Erhard Horst Bellermann

MITTWOCH

34

»Hast du auch mitten in der Nacht eine E-Mail von Svenja bekommen?«, fragt Sophie, als Jasper frühmorgens zu ihr in den Dienstwagen steigt.
»Ja.«
»Hast du sie auch gelesen?«
»Nee, hab geschlafen.«
»Okay, dann hier die Kurzfassung. Gerrit Oltmann hat ein verdammt beschissenes Leben. Schon seit Jahren. Falls er seine Freunde dafür verantwortlich macht, wäre das ein Motiv.«
»Ach ja?«
»Ja. In Mark Fischers Leben finden sich keine Tragödien – zumindest keine, von denen unsere Datenbank oder das Internet weiß – und in Lena Eberts auch nicht.«
Anstelle einer Antwort gähnt Jasper ausgiebig.
»Langweile ich dich?«
»Sorry, nein, gar nicht. Oltmann hat also ein beschissenes Leben?«
»Ja. Laut den Zeitungsartikeln, die Svenja zusammengestellt hat, kann man das so sagen. Das Unheil nahm vor zehn Jahren seinen Lauf, als er –

damals war er ein gut verdienender Jungunternehmer – das stylische würfelförmige Haus kaufte, das nun Mark Fischer gehört.«

»Du meinst den Glaskasten?«

»Genau den. Er und seine Frau Elka gaben 'ne Housewarming-Party, bei der sein damals zweijähriger Sohn in den Swimmingpool fiel.«

»Mann . . . das ist aber echt tragisch.«

»Ja, war es. Der Kleine wurde zu spät gerettet. Er war zu lange ohne Sauerstoff und blieb schwerbehindert.«

»So 'ne Kacke. Das ist echt schlimm.« Jasper verzieht mitfühlend das Gesicht.

»Und es kommt noch dicker. Oltmanns Frau nahm sich drei Jahre später das Leben.«

»Mann Mann Mann. Aber selbst, wenn er – warum auch immer – seinen Freunden die Schuld daran gibt, warum wird er erst jetzt zum Mörder? Ein Amoklauf nach . . .«, er unterbricht sich stirnrunzelnd, um besser rechnen zu können, ». . . sieben Jahren?«

»Kam mir auch seltsam vor«, erwidert Sophie. »Aber dann hab ich gelesen, dass sein Sohn Anfang August – also vor zwei Monaten – verstorben ist.«

»Hm, das ergibt Sinn«, überlegt Jasper. »Er muss sich nun nicht mehr um den Jungen kümmern . . .«

»Richtig. Er trägt keine Verantwortung mehr – für niemanden – und die Abrechnung mit den Menschen, denen er möglicherweise die Schuld an den Tragödien in seinem Leben gibt, ist alles, was er noch hat.«

»Das wäre tatsächlich ein Motiv, wir sollten so rasch wie möglich mit ihm sprechen«, lässt Jasper sich nun vom Jagdfieber anstecken. »Guck, ich hab jetzt sogar 'ne Gänsehaut.«

»Er geht nicht an sein Telefon«, berichtet Sophie. »Ich habe es heute schon mehrmals erfolglos versucht. Wir versuchen es noch mal auf gut Glück bei ihm zu Hause, bevor wir zu Lena Ebert fahren.«

* * *

Die schäbige kleine Reetdach-Kate sieht bei Sonnenlicht auch nicht hübscher aus als in der Dunkelheit. Davon abgesehen ist sie genauso leer wie am Abend zuvor.

»Und was jetzt?«, fragt Jasper, nachdem sie sich die Nasen an den Fensterscheiben platt gedrückt hatten.

»Offenbar ist er nicht hier. Ich rufe mal die Roeloffs an, vielleicht wissen die, wo er sich aufhalten könnte«, meint Sophie und wählt Ubbas Nummer.

»Oberkommissarin Meerkatz. Wir würden gerne mit Gerrit Oltmann sprechen, können ihn aber nirgendwo erreichen.«

»Ist er auch verschwunden?«

»Möglich«, bleibt Sophie bewusst vage.

»Ach du meine Güte, nicht Gerrit auch noch! Der hat wirklich schon genug durchgemacht!«

»Haben Sie eine Ahnung, wo er sich aufhalten könnte? Wissen Sie, wo er arbeitet?«

»Gerrit? Der arbeitet schon lange nicht mehr. Seit Elka sich damals das Leben nahm . . .«

»Könnte er bei einem Freund sein? Bei Mark vielleicht?«

»Eher bei Lena«, überlegt Ubba. »Gerrit und Mark waren nie so eng, überhaupt, seit Mark Gerrits Haus gekauft hat – dabei wollte ihm Mark bloß aus der Patsche helfen. Nun, das ist wohl egal, Lena und Gerrit sind jedenfalls sehr gut befreundet. Vielleicht sogar mehr als das.«

»Die beiden haben eine Affäre?«

»Ich bin mir nicht sicher, aber Lena machte das letzte Mal, als wir uns sahen, solche Andeutungen.«

»Welche Andeutungen?«

»Dass Gerrit in letzter Zeit öfter zu Besuch kommen und ihr eindeutige Komplimente machen würde.«

»Und wann hat sie das gesagt?«

»Letzte Woche Mittwoch. Da waren wir gemeinsam shoppen und anschließend 'nen Happen essen.«

»Hatten Sie seitdem noch Kontakt?«

»Nee, aber das ist nicht ungewöhnlich. Wir treffen uns nicht öfter als ein- oder zweimal im Monat.«

»Okay, danke. Eines noch: Ist bei Ihnen und Fedder alles in Ordnung?«

»Aber ja«, versichert Ubba. »Fedder schläft noch. Es geht uns gut.«

»In Ordnung. Bitte melden Sie sich, wenn Ihnen noch etwas einfällt, das uns helfen könnte.«

»Natürlich.«

Nach Beendigung des Telefonats gibt Sophie die wichtigsten Informationen an Jasper weiter.

»Also rufen wir Lena Ebert an«, schlägt er vor.

»Ganz genau.«

Sophie lässt es zwanzigmal klingeln, bevor sie wieder auflegt.

»Egal. Wir fahren hin.«

35

»*Es geht uns gut?*«

»Meine Güte! Hast du mich erschreckt.« Ubba fährt herum und umarmt den Mann, der auf sie zukommt. »Natürlich geht es mir nicht wirklich gut, aber was soll ich denn sonst sagen?«

»Die Wahrheit, Ubba. Du musst doch nicht lügen. Hast du Angst?«

»Ob ich Angst habe? Ich bestehe nur noch aus Angst. Wem kann ich noch trauen?«

»Mir, Liebling. Du kannst mir trauen.« Er erwidert ihre Umarmung und drückt sie fest an sich.

»Aber du hast Geheimnisse vor mir. Das wissen wir beide. Ich weiß nicht, wo du warst, als Knut getötet wurde, aber ich weiß genau, dass du nicht bei mir warst, als Rieke, Nadja und Torben ermordet wurden. Fedder, ich bin deine Frau, und du bist der einzige Mensch auf der Welt, der wirklich für mich zählt, aber langsam verliere ich den Verstand. Du musst mir sagen, wo du warst, als unsere Freunde umgebracht wurden«, verlangt sie nun mit zitternder Stimme.

Er lässt sie los und wendet sich enttäuscht ab. »Das habe ich dir doch schon mehrmals gesagt. Ich war spazieren. Am Meer. Warum glaubst du mir nicht?«

»Liebling, versteh mich doch. Seit einigen Wochen schon steigst du zu allen möglichen Tag- und Nachtzeiten ins Auto und fährst weg. Jedes Mal sagst du mir, du gehst am Meer spazieren. Und plötzlich sterben alle unsere Freunde.«

»Aber das eine hat mit dem anderen nichts zu tun.«

»Das sagst du.«

»Weil es stimmt.«

»Ach, Liebling, wenn ich dir nur glauben könnte.«

36

Lena Ebert besitzt ein hübsches Reihenhaus aus roten Backsteinen. Es ist größer, schöner und vor allem gepflegter als Gerrit Oltmanns Haus, aber weit nicht so extravagant und teuer wie Mark Fischers kubische Villa. Und es hat keinen eingezäunten Vorgarten.

Sophie läutet direkt an der Haustür. Es öffnet niemand, doch plötzlich ist ein dumpfes Kratzen an der Tür hörbar.

»Hörst du das?«, fragt sie ihren Kollegen.

Jasper presst das Ohr an die Tür.

»Ja. Vermutlich 'ne Katze.«

Wie zur Bestätigung dringt ganz leise ein verzweifeltes Maunzen durch die Tür.

»Definitiv Katze«, stellt Jasper fest. »Und was machen wir jetzt?«

»Hm«, überlegt Sophie, »ich denke, ich ruf mal den Rüden an.«

Doch das Gespräch entwickelt sich nicht so harmonisch, wie sie gehofft hatte. Kriminaldirektor Paulsen, oder einem seiner hinzugezogenen Spezialisten, ist es offenbar gelungen, den kratzbürstigen Griesgram in Thomsen wiederzubeleben, den Maike in den Flitterwochen erfolgreich vertrieben hatte.

»Hab ich dich soeben richtig verstanden? Während ich hier den Paulsen samt seinen neunmalklugen Wichsern an der Backe habe, willst du 'nen Beschluss, um 'ne Tür aufzubrechen, weil 'ne Katze eingesperrt ist?«

»Äh . . . ja . . .«

»Bist du nicht mit jemandem zusammen, der hauptberuflich Katzenretter ist?«

»Meinst du Taako? Hör mal, Rüde, er ist Feuerwehrkommandant!«

»Nun, wenn das kein Glücksfall ist«, blafft Thomsen zynisch und beendet ohne Verabschiedung das Telefonat.

»Ist das zu fassen«, schimpft Sophie, aber Jasper legt den Finger an den Mund.

»Riechst du das?« Er geht auf die Knie und schnuppert an der Ritze zwischen Tür und Boden. Als er wieder aufsteht, ist der Ekel in seinem Gesicht nicht zu übersehen.

»Du solltest vielleicht deinen Taako tatsächlich anrufen, so wie das hier riecht, sind in dem Haus vielleicht mehrere Katzen eingesperrt – und nicht alle davon noch am Leben.«

* * *

»Moin Liebling!« Taako kommt freudestrahlend, mit einem Kollegen im Schlepptau, auf sie zu. Er umarmt sie innig und drückt ihr einen Kuss auf die Lippen. »Unser erster gemeinsamer Einsatz!«

»Ja«, antwortet Sophie und befreit sich aus seiner Umarmung. Sie fühlt sich unbehaglich, weil der fremde junge Mann an der Seite ihres Freundes sie so unverblümt anstarrt.

»Das ist Bente«, stellt Taako ihn vor. »Er kann zaubern, soweit es verschlossene Türen angeht.«

»Moin Bente.« Sophie schüttelt ihm die Hand. »Dann zeig uns mal, was du drauf hast.«

Tatsächlich springt die Tür zwei Minuten später auf und eine räudige Katze huscht hysterisch maunzend ins Freie.

»Die lebt noch«, kommentiert Bente treffend, doch kurz darauf verzieht er das Gesicht. »Mann, was für'n Gestank!«

»Ich geh zuerst allein rein«, bestimmt Sophie. Sie atmet tief ein und läuft ins Haus. Die erste Tür führt in die Küche, die aufgeräumt und leer ist. Der nächste Raum ist bereits das Wohnzimmer und weiter braucht sie nicht zu suchen. Die Quelle des unerträglichen Gestanks ist unübersehbar auf der Couch beheimatet.

Fassungslos betrachtet Sophie das tote Pärchen, das aneinandergeschmiegt dort verwest. Als sie eine Made bemerkt, die aus einem Auge kriecht, tritt sie eilig den Rückzug an.

Sie stürzt ins Freie, wirft die Tür hinter sich zu und atmet mehrmals tief ein und aus, denn das hat sie im Inneren des Hauses bewusst unterlassen.

»Viele tote Katzen?«, fragt Taako einfühlsam.

Sophie schüttelt den Kopf.

»Keine Katzen.«

37

Nur wenige Minuten, nachdem Taako und sein Kollege den Tatort verlassen haben, parkt Thomsen seinen Landrover vor Lena Eberts schmucken Reihenhaus. Der Hauptkommissar und Svenja springen gleichzeitig aus dem Wagen, während der BMW von Dr. Aiko Emmermann sich mit quietschenden Reifen dahinter einbremst.

»Was zur Hölle ist hier los?«, ruft Thomsen im Laufschritt. »Noch zwei Leichen?«

Der Blick, der Jasper trifft, ist dermaßen vorwurfsvoll, dass jener sich zu einer Rechtfertigung genötigt fühlt.

»Äh, Chef, ich hab die beiden nicht umgebracht.«

»Aber verhindert wohl auch nicht«, motzt Thomsen verärgert. »Jetzt haben wir schon sechs Leichen, bald sind wir das Gespött von ganz Deutschland. Kein Wunder, dass uns alle für unfähig halten . . .«

»Mann, Rüde, krieg dich wieder ein«, schimpft Sophie und tritt ihm in den Weg. »Ich weiß jetzt, wie es abgelaufen ist – und auch, wer der Mörder ist.«

»Okay, spucks aus!«, verlangt Thomsen auf der Stelle.

Auch der Leichenbeschauer kommt nun neugierig näher.

»Es kann nur Gerrit Oltmann gewesen sein. Er läuft Amok gegen alle seine früheren Freunde. Ich vermute, er hat mit den beiden hier – Lena Ebert und Mark Fischer – begonnen, denn diese Leichen sind gut und gerne ein paar Tage alt.«

»Ist das so?«, hakt Emmermann skeptisch nach. »Da bist du ja nicht gerade die Spezialistin für. Ich werfe lieber selber mal 'n Blick drauf.«

Thomsen sieht ihm hinterher, wie er ins Haus stapft und wendet sich dann wieder seiner Oberkommissarin zu.

»Du bist dir ganz sicher?«

»Ja.«

»Hundertprozentig?«

»Ja.« Sophie nickt zur Bestätigung.

»Okay.« Thomsen holt tief Luft und zieht sein Handy aus der Tasche. Er scrollt durch seine Kontakte und klickt *Kriminaldirektor Paulsen* an.

»Hör zu, Dirk, du kannst deine Schlaumeier-Truppe wieder abziehen. Wir haben den Fall gelöst. Ja, ernsthaft. Der Täter heißt Gerrit Oltmann. Ja, Gerrit mit zwei *r* und Oltmann mit zwei *n*. Er ist aktuell unbekannten Aufenthalts. Keine Ursache ... gern doch ... ja, gebt die Fahndung raus.«

Emmermann steht plötzlich wieder neben ihnen. Seine Gesichtsfarbe hat einen leichten Grünton angenommen.

»Du suchst Oltmann?«, wendet er sich an seinen Freund Thomsen.

»Ja, genau.«

»Gerrit Oltmann?«

»Exakt. Weißt du etwas über ihn?«

»Nun ja, zumindest wo er sich aufhält«, antwortet Emmermann und wirft Sophie einen schadenfrohen Blick zu. Er präsentiert nun ein stark abgenutztes, dunkelbraunes Portemonnaie aus Leder. »Das hatte der männliche Tote bei sich. Der Personalausweis, der drinnen steckt, lautet auf *Gerrit Oltmann*.«

»Das kann nicht sein!« Sophie schüttelt vehement den Kopf. »Das ergibt überhaupt keinen Sinn. Hast du sein Gesicht mit dem Ausweis verglichen?«, geht sie Emmermann direkt an.

»Hast du sein Gesicht gesehen?«, gibt er zurück und Sophie beißt sich auf die Lippen, als sie sich das Bild der beiden Leichen in Erinnerung ruft. Die Gesichter als solche waren nicht mehr erkennbar, beim besten Willen nicht. Den Gedanken, ob die Katze dabei auch eine Rolle gespielt hat, möchte sie gar nicht zulassen.

Bestürzt wendet sie sich ab.

»Er hat jedenfalls braune Haare, so wie der Mann auf dem Ausweis hier, und ist mindestens seit fünf Tagen tot – wie übrigens auch die weibliche Leiche. Die beiden wurden auf jeden Fall zur selben Zeit, oder kurz hintereinander, getötet«, erklärt Emmermann nun dem Hauptkommissar, der sich bereits mit allen zehn Fingern die Haare rauft.

»So eine verdammte Scheiße!«, flucht er. »Nun sind wir zu Recht die Dösbaddel der Nation. Eine Fahndung nach 'ner Leiche, die quasi vor mir liegt! Schlimmer gehts nimmer!«

»Mensch Rüde«, versucht Jasper ihn zu besänftigen, »das ist doch kein Beinbruch. Dann wars eben der andere.«

»Welcher andere?«

»Mark Fischer.«

»Mark Fischer? Was wissen wir über den?«

»Nun, der gehört auch zu der Clique . . .«

»Hat er ein Motiv?«

Jasper betrachtet nun seine Zehenspitzen, weil ihm keines einfällt.

»Meerkatz!«, brüllt Thomsen außer sich. »Hat dieser Mark Fischer ein Motiv?«

Doch seine Oberkommissarin schüttelt bloß verstört den Kopf.

»Nein, bis jetzt wissen wir von keinem.«

38

Nachdem ihr Chef fuchsteufelswild abgerauscht ist und Jasper und Svenja mitgenommen hat, bleibt Sophie allein am Tatort zurück.

In ihrem Kopf herrscht ein heilloses Durcheinander, alles dreht sich und nichts passt mehr zusammen. Wenn Gerrit und Lena die ersten Opfer des Täters waren, wenn sie bereits vor dem Spiel am Samstag ermordet wurden – wonach es derzeit aussieht – dann muss sie den gesamten Fall neu überdenken.

Mark Fischer, über den sie bis dahin so gut wie nichts wissen, der mit niemandem wirklich eng befreundet ist, und mit Vorliebe in seinem Job aufgeht – der soll's nun gewesen sein? Aus welchem Grund richtet er alle Freunde der Reihe nach hin? Weil gerade Zeit ist?

Sophie presst die Zähne gegeneinander, bis es weh tut. Waren sie zu nachlässig? Ist ihnen Mark deshalb durch die Finger geschlüpft, weil sie sich für den unauffälligen Workaholic nicht interessiert haben? Hat er es vielleicht drauf angelegt?

Wenn das zutrifft, sind wir wirklich schlechte Ermittler, denkt sie, denn selbst jetzt, wo nur noch drei

Menschen aus der gesamten Clique übrig sind, kommt ihr Fischer nicht verdächtig vor.

Die elektronischen Möwen beginnen zu kreischen und sie beäugt mit einem flauen Gefühl das Display. *Kommissarin Svenja Tades.* Ein Glück, es hätte auch ihr Chef sein können.

»Ich muss dir was sagen«, kommt ihre Kollegin ohne Einleitung auf den Punkt. »Alle jagen jetzt Mark Fischer – sogar mit internationaler Fahndung. Aber mir ist gestern bei der Zusammenfassung noch etwas ins Auge gesprungen: Der Fedder Roeloff hat eigentlich kein Alibi.«

»Nicht?« Sophie runzelt die Stirn. Das wäre ihr doch bestimmt aufgefallen.

»Also schon, aber immer bloß von seiner Ehefrau.«

»Oh. Was sagt der Rüde dazu?«

»Der hört mir nicht zu. Der hört niemandem mehr zu. Der macht alle bloß noch zur Schnecke.«

»Aber mit mir telefonieren darfst du noch?«

»Er musste tanken«, erklärt Svenja die Situation. »Aber jetzt fahren wir weiter.«

Sophie legt auf und starrt nachdenklich in die Luft. Fedder Roeloff, der intellektuelle Brillenträger mit dem Spleen für Rollkragenpullover. Fedder, der jeden Schritt sorgfältig setzt und immer den Eindruck macht, als würde er jede Bewegung bewusst planen – und der Freitagabend keine Zeit hatte, um seiner Frau zu helfen ... was passierte später noch an jenem Freitagabend? Fuhr Gerrit Oltmann nach seinem Besuch bei Ubba zu Lena? Tauchte Fedder dort auf und tötete die beiden?

Aiko Emmermann kommt aus dem Haus und reißt sie aus ihren Gedanken, indem er ihr einen verächtlichen Blick zuwirft.

»Diesmal haste tüchtig in die Scheiße gelangt.«

»Vielleicht«, gibt Sophie zu, doch plötzlich stutzt sie. Beim Anblick seiner blauen Windjacke kommt eine Erinnerung in ihr hoch. »Aber du auch!«

»Wieso ich?« Sofort verengen sich seine Augen und er schiebt kampflustig die Unterlippe vor.

»Nun, Fedder Roeloff ist ein Patient von dir.«

»Und?«

»Warum hast du uns nicht gesagt, dass er Krebs hat?«, schießt sie ins Blaue.

»Woher weißt du das?«

»Von dir. Gerade eben. Wie lange hat er noch?«

»Das weiß ich doch nicht, ich bin Internist und als solcher betreue ich ihn, so gut ich kann. Was den Krebs betrifft, hab ich ihn an einen Onkologen verwiesen, einen Spezialisten.«

»Jetzt komm schon, Aiko, du bist nicht erst seit gestern Arzt«, insistiert Sophie. »Wie lange hat er noch?«

»Das ist wirklich schwer zu sagen, bei einem Hirntumor weiß man das nie so genau...«

»Er hat einen Hirntumor?«

»Ja, so siehts aus. An einer inoperablen Stelle. Und je nachdem, wie schnell der wächst...«

»Schon verstanden. Kann es sein, dass der Tumor seine Realität verändert?«

»Möglich wärs schon – also theoretisch – wenn er in sensible Bereiche hineinwächst. Das wäre mir bei Fedder aber noch nicht aufgefallen.«

Wie denn auch, denkt Sophie, wenn du deinen Patienten alle Wochen mal für ein paar Minuten siehst. Seine Ehefrau wäre diesbezüglich die bessere Ansprechpartnerin, und außerdem – falls ihre

Vermutung zutrifft – in höchster Gefahr. Sie muss dringend noch mal zu Ubba Roeloff fahren.

39

»Du siehst müde aus. Möchtest du dich nicht hinlegen?«

»Bald. Lass uns noch ein wenig länger auf der Terrasse sitzen.« Fedder nimmt Ubbas Hand. »Ich möchte mit dir den Sonnenuntergang sehen.«

»Es ist kühl hier. Ich habe Sorge, dass du dich erkältest.«

»Du sorgst dich unnötig, ich habe meine warme Decke dabei.«

»Nun gut.« Ubba streicht liebevoll über seine Hand, während sie zusehen, wie die Sonne hinter dem Horizont versinkt.

»Was werden wird wohl am meisten vermissen, wenn wir nicht mehr leben?«, fragt Fedder und starrt in die Ferne.

»Gar nichts«, antwortet Ubba. »Wenn wir nicht mehr leben, werden wir auch nichts mehr vermissen.«

Er lächelt nachsichtig. »Du bist immer so rational, so logisch. Denk doch mal mit dem Herzen.«

»Dann würde ich dich vermissen«, antwortet Ubba liebevoll und drückt seine Hand.

»Oh du Schmeichlerin, nach all den Jahren hast du

immer noch nicht genug von mir?«

»Von dir niemals, nur von deinen Lügen«, rutscht es ihr heraus und sie bereut es im selben Augenblick, weil sie den schönen Moment zerstört hat.

Fedder wendet sich ab und entzieht ihr seine Hand.

»Bitte, Liebling, fang nicht wieder damit an!«

»Doch, Fedder. Ich muss die Wahrheit erfahren. Wo gehst du hin, wenn du mir erzählst, du wärest *spazieren*? Ist es wegen Rieke? Bist du immer noch . . . ?«

»Ubba, bitte«, unterbricht er brüsk. »Du weißt, dass das bloß eine kurze Sache war. Ein Ausrutscher, gewissermaßen. Ich habe dir geschworen, dass es vorbei ist, das musst du mir glauben.«

»Aber das tu ich doch. Ich hab es dir längst verziehen und Rieke auch. Das weißt du doch!«

»Natürlich mein Schatz.«

»Dann sag mir doch, warum du in letzter Zeit so oft *spazieren gehst* und warum du mir manchmal so fremd bist . . .«

»Die Wahrheit würde dich auch nicht glücklich machen.«

»Aber vielleicht hätte ich dann nicht mehr so viel Angst.«

»Oder du hättest noch mehr Angst . . . was denkst du, Ubba, wie es sich anfühlt, wenn du weißt, dass bald alles vorbei ist?«

»Fedder! Was meinst du? Was wird bald vorbei sein?«

»Ich hole uns eine gute Flasche Wein. Zu diesem schönen Sonnenuntergang muss man etwas trinken.«

»Nein, Liebling, bleib. Sag mir, was bald vorbei sein wird! Diese quälende Ungewissheit macht mir solche Angst.«

Sie versucht, ihn festzuhalten, aber er löst sich aus ihrer Umklammerung und verschwindet ins Innere des Hauses.

Ihre Augen folgen erst ihm, und dann der untergehenden Sonne.

»Nicht erschrecken«, flüstert plötzlich jemand aus dem Dunkel, und sie erschrickt dennoch.

»Ach, du bist's.« Erleichtert seufzt sie auf und deutet auf einen der freien Stühle. »Setz dich zu mir. Fedder holt uns gerade eine schöne Flasche Wein.«

Plötzlich hält sie inne.

»Da fällt mir ein, diese Kommissarin sucht dich. Du sollst dich bei ihr melden.«

»Ach was, diese Kommissare heutzutage taugen doch alle nichts.«

»Wie meinst du das?«

»Sie können uns nicht retten.«

»Wen uns?«

»Nun, dich, Fedder und mich.«

»Das verstehe ich jetzt nicht.« In Ubbas Brust breitet sich ein seltsames Unbehagen aus.

»Kannst du es dir denn noch nicht denken, dass du auch sterben wirst?«

»Ich? Aber warum denn ich?«

»Denkst du, du wirst als Einzige verschont?«

»Ich verstehe nicht . . . was redest du bloß? Du machst mir Angst. Hör auf, mir solche Fragen zu stellen.«

»Sieh es als Spiel, Ubba. Du liebst doch Spiele, nicht wahr?«

Sie nickt, und plötzlich fällt ihr auf, dass ihr Herz wie verrückt hämmert. Irgendetwas stimmt hier nicht. Wenn bloß Fedder endlich mit dem Wein zurück wäre.

40

Auf dem Weg zu den Roeloffs versucht Sophie zweimal vergeblich, Ubba telefonisch zu erreichen. Das ist kein gutes Zeichen.

Wie Thomsen gesagt hat, bewacht ein Streifenwagen das Haus. Kaum parkt sie sich gegenüber ein, steigen die Beamten aus und kommen auf sie zu.

Einer davon ist Sören Rijnders, der sie erst jetzt erkennt.

»Ah, die Frau Oberkommissarin. So spät noch unterwegs?«

»Ja. Irgendwelche Besucher bis jetzt?«

»Nein. Sie sind die Erste.«

»Wer bewacht den Hintereingang?«

»Auch wir. Alle zehn Minuten fahren wir dort vorbei. War aber ebenfalls alles ruhig.«

Sophie wirft einen Blick auf das gepflegte Anwesen. Die Lichter sind an, innen und außen. Sie versucht noch einmal, Ubba anzurufen. Doch sie hebt wieder nicht ab.

»Es gibt 'ne Klingel«, erklärt Rijnders und streckt die Hand danach aus.

»Nein. Nicht läuten. Die Situation drinnen könnte

kritisch sein, ich möchte sie nicht verschärfen.«

»Aha«, antwortet Rijnders und Sophie sieht ihm an, dass er keine Ahnung hat, wovon sie spricht.

»Haben Sie vielleicht einen Schlüssel für das Gartentor bekommen, für den Fall der Fälle?«

»Nee, das nicht, aber es gibt 'nen Trick, wie das ohne Schlüssel aufgeht. Den hat uns die Hausfrau gezeigt – eben für den Fall der Fälle.«

Er greift durch die Eisenstreben und drückt innen einen kleinen Hebel hinunter. Tatsächlich löst sich die linke Hälfte des Tores und Sophie schlüpft hindurch.

»Gucken Sie auf Ihre Uhr. Wenn ich in zehn Minuten nicht zurück bin, sorgen Sie für Verstärkung. Ich meine es ernst, lassen Sie das große Besteck auffahren.«

»Alles klar.« Rijnders tippt sich an die Kappe, zieht sein Handy aus der Tasche und stellt den Timer ein.

41

»Oh, wir haben Besuch.«

Fedder stellt die Weinflasche und zwei Gläser auf den Terrassentisch. »Wenn ich das gewusst hätte, hätte ich noch ein Glas mitgebracht. Du trinkst doch ein Glas mit uns?«

»Gern.«

Ubba öffnet die Flasche und schenkt die beiden Gläser voll. Sie reicht eines davon an ihren Besucher weiter.

»Danke dir. Mit Rieke habe ich auch ein Glas getrunken. Zum Abschied.«

»Was? Wie meinst du das?«

»Und auch mit Nadja. Sie hatte einen erstaunlich guten Wein, wenn man bedenkt, welch billige Sorte Mensch sie war...«

Ubba hält sich nun die Ohren zu.

»Hör auf, hör auf, du weißt ja nicht, was du redest.«

Fedder kehrt mit dem dritten Glas in der Hand zurück. Er bleibt irritiert stehen und sieht zwischen seinem Gast und seiner Frau hin und her.

»Du weißt nicht alles über deinen Mann, nicht wahr, Ubba? Vertraust du ihm? Auch wenn er dich im

Dunklen lässt? Willst du Antworten?«

»Natürlich will ich Antworten – du ahnst ja nicht wie sehr – aber das geht dich nichts an. Das ist eine Sache zwischen Fedder und mir.«

»Ich kann dir helfen, Ubba. Mit einem Spiel. Du liebst doch Spiele, nicht wahr?«

»Lass den Blödsinn, es ist spät. Es ist besser, du gehst jetzt«, mischt sich nun Fedder ein und stellt das dritte Glas leer auf den Tisch.

»Wir wollen bloß den Sonnenuntergang genießen«, sagt Ubba versöhnlich.

»Habt ihr nicht euer ganzes Leben lang ständig irgendwas genossen? Ubba, sag mir, findest du es gerecht, dass du dein Leben im Luxus gelebt hast, ohne je einen Tag arbeiten zu müssen? Kein frühes Aufstehen, kein anstrengendes Tagwerk, keinerlei Sorgen oder Nöte. Du und Rieke, ihr musstet noch nie einen Finger krümmen, und jetzt, mit gerade mal vierzig Jahren, ist euch vor lauter Nichtstun schon so langweilig, dass ihr euch Mordspiele ausdenkt. Dasselbe gilt im Übrigen auch für Nadja und Lena, auch wenn die beiden nicht ganz so im Überfluss gelebt haben.«

»Ich verstehe nicht, was soll das alles . . .«, beginnt Ubba, wird jedoch sofort unterbrochen.

»Psst . . . einfach zuhören. Du auch, Fedder. Setz dich und schenk dir endlich von dem Wein ein, denn ich habe ein Abschiedsgeschenk für deine Frau. Eines, das ihr gerecht wird. Ein echtes Mordspiel. Eines, in dem die Menschen wirklich sterben, einer nach dem anderen.«

»Verdammt, was soll das?« Fedders Hände zittern nun so sehr, dass er den halben Wein verschüttet. »Hast du sie etwa alle umgebracht?«

»Hab ich das? Was meinst du, Ubba? Bin ich der Mörder? Oder vielleicht doch dein Mann? Denn nun sind bloß noch wir drei übrig.«

»Aber . . .«, stottert Ubba, während Fedder sein Handy aus der Tasche zieht. »Es reicht, ich rufe jetzt die Polizei.«

»Das lässt du besser bleiben«. Der ungebetene Gast hält plötzlich einen Revolver in der Hand, den er auf Ubba richtet. »Leg auf oder ich drücke ab.«

»Okay, aber nimm das Ding runter. Nimm verdammt noch mal die Waffe runter.« Fedders Stimme klingt plötzlich ganz hohl.

»Warum tust du das?«, fragt Ubba unter Tränen. »Du bist doch mein bester Freund. Warum tust du uns das an? Hast du gar kein Mitleid?«

»Mitleid? Mit dir? Du hast mein Leben zerstört, du genauso wie Rieke und der Trottel, den sie geheiratet hat. Und wie Nadja, Lena und Torben, der verdammte Wichser. Ihr habt aus meinem Leben ein Trümmerfeld gemacht, aber es war euch egal. In eurer Arroganz und Ignoranz habt ihr es nicht einmal bemerkt. Aber jetzt wisst ihr es, jeder einzelne von euch. Denn ich habe mit jedem und jeder gesprochen, ausführlich und abschließend. Bis auf Knut. Da hatten wir keine Zeit zum Reden, aber dieser Vollpfosten hätte ohnehin nichts kapiert. Er ist nicht so clever wie du, Ubba. Na, weißt du schon, was wir spielen?«

»Nimm bitte die Waffe runter«, versucht Fedder es noch einmal.

»Oh nein. Diesen Revolver habe ich extra für unser Spiel mitgebracht. Er gehört dazu.«

Der unwillkommene Besucher mit der Baseballkappe verpasst der Trommel eine Drehung und wartet ab, bis sie wieder einrastet. Dann hält er sie plötzlich Fedder an den Kopf.

»Nun, Ubba, hast du jetzt eine Idee, was wir spielen?«

»Bitte hör auf, ich flehe dich an.«

»Du flehst? Wie langweilig! Rieke hat auch gefleht. Alles Geld der Welt hat sie mir geboten. Weißt du, was ich ihr gesagt habe? Gib mir meinen Jungen zurück. Und meine Frau. Meine Familie, die für mich alles bedeutet hat. Ja, dann hat sie geweint.«

»Aber warum Rieke?«, fragt Ubba, die die Tränen nicht mehr zurückhalten kann. »Was konnte sie denn dafür? Es war doch ein Unfall!«

»Ein Unfall sagst du? *Ein Unfall?* Ja, ihr habt es euch immer leicht gemacht. Weißt du, wo Rieke war, als Kyell ins Wasser fiel? Auf der Liege am Poolrand. Sie lag da in ihrem sündteuren Strand-Outfit und hat sich so wenig für ihre Umgebung interessiert, dass sie es nicht einmal bemerkte, als er neben ihr ins Wasser fiel. Erst als ich ihr eine Überdosis von Kyells Schlafmittel injizierte, hat sie es kapiert. Da hat sie endlich erkannt, dass sie einen Fehler gemacht hat.

Nicht so wie Nadja. Die hatte bis zum Schluss kein Einsehen. Sie wollte es einfach nicht begreifen. Faselte so dämliches Zeug, dass ich ihr den Mund zukleben musste. Ihr ganzes Leben lang war sie so eine dumme, laute Person. Genau wie Torben. Die beiden hatten an dem Abend in solch einer Lautstärke gegrölt, dass der Kleine aufgewacht und aus seinem Bettchen gekrabbelt ist. Was nichts gemacht hätte, wenn seine Mutter am Pool gewesen wäre. Aber Elka musste Lena helfen, einen Fleck aus dem Kleid zu waschen, weil Mark, der Idiot, ihr seinen Rotwein drübergekippt hatte. Und auch sein Papa war nicht da, als der kleine Kyell in den Pool stolperte, weil der musste im Keller mit der lieben Ubba und dem lieben Fedder die Whiskeybestände durchsehen . . . na, erinnert ihr euch?«

»Ja, aber Gerrit, wir hatten doch bloß gefragt, welche Auswahl du hast. Als Whiskeyliebhaber interessiere ich mich natürlich dafür – wir konnten doch nicht ahnen, dass dein Junge gerade in dem Moment ins Wasser fällt«, versucht Fedder verzweifelt, sich zu rechtfertigen. Der Revolver, dessen Lauf gegen seine Schläfe drückt, bringt ihn gehörig ins Schwitzen.

»Warum Knut?«, fragt Ubba plötzlich. »Er war doch derjenige, der deinen Sohn rettete. Er sprang hinein und zog Kyell heraus.«

»Ja, das tat er. Wie sich später herausstellte, nachdem er seine Wildlederschuhe auszog und seine goldene Rolex ablegte. Wäre er sofort gesprungen, hätte mein Sohn noch eine Chance gehabt . . . verstehst du das? Ubba, sag mir, ob dir nun endlich klar ist, was ihr mir angetan habt.«

Doch Ubba sitzt da wie paralysiert. Verloren in einer Realität, die sie zutiefst verstört. Sie schließt die Augen, um alles auszublenden, doch es will ihr nicht gelingen. Dass ausgerechnet Gerrit, ihr bester Freund seit Kindheitstagen, nun ihr schlimmster Feind ist, nimmt ihr die Luft zum Atmen. Wie konnte sie sich bloß so in ihm täuschen?

Sie sammelt all ihren Mut zusammen und sieht ihm direkt in die Augen.

»Hast du es Freitagabend schon gewusst? Als du mir mit der Spielplanung geholfen hast? Hast du es da schon gewusst, dass du uns alle töten wirst?«

»Schlaues Mädchen. Ja, ich gebe zu, es war wichtig

für mich zu wissen, um welche Uhrzeit *das Opfer* auf seinen Mörder warten würde.«

»Hat Lena dir geholfen? Ich weiß, ihr beide hattet eine . . .«

»Was? Eine Romanze? Ha . . . ja, das dachte sie . . . dabei brauchte ich bloß ihren Wohnungsschlüssel. Manchmal täuscht man sich eben im Leben.«

»Hat sie deshalb für das Spiel am Sonnabend abgesagt? Aus Liebeskummer?«

»Aus Liebeskummer? Dass ich nicht lache! Lena und Mark waren Freitagnachmittag bereits tot. Die Absage habe ich dir von ihrem Handy geschrieben. Dass Mark bei ihr war, stellte sich als glücklicher Zufall heraus. So konnte ich zwei auf einen Schlag erwischen. Das war ein gelungener Auftakt, und von da an gab es kein Zurück mehr.«

»Hast du denn gar keine menschlichen Gefühle mehr?«, fragt Ubba und aus ihren Augen fließen Tränen.

»Hattet ihr denn welche? Damals? Auf unserer Housewarming Party? Weißt du, das hätte unser Tag werden sollen«, setzt Gerrit aufgebracht fort. »Der Tag, an dem wir es endlich geschafft hatten. Ein Haus, ein Kind und eine gut gehende Firma. Wir hatten so viele Tage und Nächte hart dafür gearbeitet und dann feierten wir – dank unserer Freunde – statt des glanzvollen Höhepunkts unseres Lebens den Untergang unserer Familie.«

»Ich weiß, das war hart für dich, aber . . .«

»Du weißt überhaupt nichts«, unterbricht er sie sofort. »Elka hat drei Jahre wie ein geprügelter Hund unter Schuldgefühlen gelitten – sie war auf fünfundvierzig Kilo abgemagert – bevor sie sich das

Leben nahm. Und Kyell? Dieser bezaubernde gesunde Junge mit seinen hübschen blauen Augen und seinem zauberhaften Lächeln – er war unsere Gegenwart und unsere Zukunft. Das alles habt ihr uns genommen. Geblieben ist ein hilfloses, geistig behindertes Kind, das nie aus seinem Rollstuhl kam, kaum sprechen konnte und gesundheitlich so anfällig war, dass es mit zwölf Jahren an einer Lungenentzündung starb.«

»Natürlich ist das tragisch, aber es ist unfair von dir, uns daran die Schuld zu geben«, stellt Fedder mutig klar, denn die Waffe ist immer noch auf seinen Kopf gerichtet.

»Unfair? Du wagst es mir gegenüber von *unfair* zu sprechen? Unfair ist, dass ihr euch die letzten Jahre amüsiert habt wie verrückt, während ich meine Frau und meinen Sohn nach jahrelanger Leidenszeit zu Grabe tragen musste. Deshalb werde ich nun der Gerechtigkeit ein wenig auf die Sprünge helfen, mit diesem kleinen Spiel. Du solltest es lieber genießen, Ubba, denn es wird dein letztes sein.«

Gerrit lächelt heimtückisch und dreht neuerlich an der Trommel des Revolvers.

»Drei Kugeln in sechs Löchern, wie viele Versuche brauchen wir wohl?«

»Hör auf, du bist doch verrückt!«, fleht Ubba verzweifelt.

Doch ihr Gast spannt völlig unbeeindruckt den Hahn.

Klack.

Die Stille, die auf dieses Geräusch folgt, schneidet ins Herz. Doch sie hält nicht lange an. Ubba beginnt hemmungslos zu weinen, und Fedder stürzt sich in purer Verzweiflung auf den Mann, der gestern noch sein Freund war.

Ein Schuss knallt durch die Nacht und ein männlicher Körper fällt Ubba vor die Beine. Das Loch in seinem Kopf ist nicht zu übersehen.

42

Sophie schleicht sich näher und näher an die Terrasse heran, von der sie drei verschiedene Stimmen wahrnehmen kann, als plötzlich ein Schuss fällt. Der Knall ist so laut, dass er ihr bis in die Knochen fährt.

Zum Denken bleibt keine Zeit. Sie reißt ihre Pistole aus dem Halfter und stürmt auf die Terrasse. Sie stolpert über etwas, das am Boden liegt und während sie stürzt, knallt der nächste Schuss los. Ihre Ohren sausen, aber sie scheint nicht getroffen zu sein. Sie rappelt sich hoch und richtet ihre Pistole auf den Angreifer.

»Polizei! Waffe fallen lassen!«

Doch der Mann mit der Baseballkappe hält seinen Revolver unbeirrt auf sie gerichtet.

»Herr Fischer! Weg mit der Waffe!«

»Das ist nicht Mark, das ist Gerrit«, schluchzt Ubba.

»Ja, das ist wahr. Mein kleines Versteckspiel mit der Polizei hat also funktioniert.« Er lächelt zufrieden und zielt mit seiner Waffe nun auf seine langjährige Freundin.

»Jetzt habe ich nur noch eine Kugel übrig, Ubba. Bitte verzeih, dass ich sie für mich selbst verwende. Du wirst leben müssen, und ich weiß, dass du von nun an bis an dein Lebensende leiden wirst.«

»Nein!«, schreit Sophie, doch Gerrit Oltmann scheint nichts mehr um sich herum wahrzunehmen. Er richtet die Waffe nun gegen sich selbst und drückt ab.

Ein dritter Schuss zerreißt die Nacht und Oltmanns Körper fällt zu Boden.

Ubba greift sich ans Herz und beginnt zu keuchen. Sophie tastet nach ihrem Handy, als plötzlich ein weiterer Mann auftaucht, den sie nur schemenhaft wahrnimmt. In dem schwachen Licht kann sie lediglich erkennen, dass er eine Pistole auf sie gerichtet hält.

Sie lässt sich fallen und zielt mit ihrer Dienstwaffe auf diese Gestalt.

»Frau Oberkommissarin? Alles okay?«, fragt der Neuankömmling irritiert.

»Sören?«

»Ja.«

Sophie rappelt sich wieder hoch.

»Verdammt noch mal, haben Sie mich erschreckt! Haben Sie die Verstärkung schon angefordert?«

Diensteifrig zieht er sein Mobiltelefon aus der Jackentasche.

»Es fehlen noch vier Minuten.«

43

In der plötzlichen Stille überblickt Sophie das Chaos auf der Terrasse. Welch ein Wahnsinn! Drei Körper liegen übereinander. Einer davon trägt ein schwarzes Kaschmir-Kleid.

»Sören, schnell!«

Sie ziehen Ubba auf ein freies Stück Terrassenboden und bringen sie in die stabile Seitenlage. Während Sophie telefonisch die Rettung anfordert, prüft Rijnders ihren Puls.

»Sie atmet«, meldet er erleichtert.

»Gut. Hilfe ist unterwegs.«

»Mann . . .« Rijnders mittlerweile herbeigeeilter junger Kollege bleibt fassungslos vor den Leichen stehen.

Sophie geht auf ihn zu.

»Sie haben nun einen wichtigen Job. Halten Sie vor dem Haus die Zufahrt für die Ambulanz frei und lassen Sie ansonsten niemanden ohne Dienstmarke herein.«

Er reagiert nicht, sondern starrt wie in Trance an ihr vorbei – auf die beiden verdrehten Körper am Boden, aus denen nach wie vor Blut fließt.

Sophie stupst ihn an.

»Haben Sie mich verstanden?«

Er gibt sich einen Ruck und reckt seinen Kopf hoch.

»Ja. Sie können sich auf mich verlassen.«

Sie sieht ihm einen Moment lang hinterher und lässt sich dann auf einem der Rattanstühle nieder. Zur Sicherheit, denn ihre Knie fühlen sich seltsam taub an und bieten kaum noch Halt.

Sie wählt Thomsens Nummer.

»Was?«, grollt er ins Telefon.

»Es ist vorbei«, erwidert sie erschöpft.

»Was?«

»Der Fall. Er ist zu Ende.«

»Meerkatz, wovon redest du? Paulsens ganze Truppe magaziniert sich auf, um Mark Fischer noch heute dingfest zu machen. Sag bloß, du hast ihn gefunden?«

»Nein. Er ist schon seit Tagen tot.«

»Äh . . . Meerkatz, du solltest vielleicht mal Urlaub nehmen.«

»Ja, Taako hat das auch schon vorgeschlagen, aber erst müssen wir uns noch um die beiden Schussopfer kümmern.«

»Die beiden Schussopfer? Verdammt, Meerkatz, wo bist du?«

»Bei den Roeloffs. Wir haben einen frischen Tatort hier.« Sie zieht instinktiv ihre Beine ein, als die Blutlache, die sich nach wie vor ausdehnt, ihre Schuhe zu berühren droht. »Sieht ein wenig aus wie auf 'nem Schlachtfeld.«

* * *

Thomsen hat mit Sicherheit sämtliche Geschwindigkeitsrekorde Husums gebrochen, denn er stürmt bereits wenige Minuten später an dem Ambulanzwagen und dem diensthabenden Kollegen am Gartentor vorbei.

Am Rand der Terrasse stoppt er abrupt. Seine Augen huschen von der Frau auf der Krankentrage zu den leblosen Körpern am Boden, die aussehen, als ob sie jemand achtlos in eine dunkle Lache geworfen hätte.

»Mann . . .«

Als er seine Oberkommissarin in einem Rattanstuhl entdeckt, lässt er sich in den danebenstehenden fallen.

»Den Roeloff hab ich erkannt. Aber wer ist der andere?«

Nachdem sie ihm die Zusammenhänge erklärt hat, ist er einen Moment lang sprachlos. Dann schüttelt er verblüfft den Kopf.

»Hab ich das richtig verstanden? Du hast dich zweimal getäuscht und am Ende doch recht behalten?«

»Scheint so.«

»Mensch, das muss man auch mal hinkriegen.« In seiner Stimme schwingt so etwas wie Bewunderung mit. Plötzlich fällt ihm auch seine Fürsorgepflicht als Vorgesetzter wieder ein.

»Ähem, Meerkatz, bist du eigentlich okay?«

»Ja.«

»Kann Taako dich abholen?«

»Nein. Heute ist Mittwoch. Da schläft Nils bei uns.«

»Dann bring ich dich heim.«

Nachdem das geklärt ist, greift er zufrieden grinsend zu seinem Handy und klickt *Kriminaldirektor Paulsen* an.

»Nicht jetzt, Rüde«, hört er zu Begrüßung. »Wir sind mitten im SoKo-Meeting . . .«

»Kannste abblasen.«

»Was? Rüde, ich hab für deine Scherze jetzt keine Zeit, ich bin . . .«

»Du hast die Wahl«, trumpft Thomsen auf und Sophie sieht ihm an, wie er jedes Wort genießt. »Du hörst mir jetzt zu, oder du kannst es morgen in der Zeitung nachlesen.«

*Das Spiel deines Lebens spielst du immer
gegen dich selbst*

Justus Vogt

SONNTAG

44

»Heb dir noch ein wenig Hunger für später auf«, rät Taako, als Sophie beim gemeinsamen Spaziergang am Strand das dritte Krabbenbrötchen am Fischstand bestellt. »Sonst denkt Jaspers Mutti, dir schmeckt ihr Essen nicht.«
»Stimmt, heute ist BBQ bei Ella.«
»Was ist ein Babekju?«, will Nils wissen. »Gibt es da Pommes?«
»Auf jeden Fall«, versichert Taako seinem Sohn.
»Und Schokopudding?«
»Vielleicht . . .«
»Kommen da auch andere Kinder?«
»Die kleine Enkeltochter vom Rüden vielleicht, sie ist aber erst eineinhalb.«
Nils verzieht das Gesicht. »Und sie ist ein Mädchen.«
»Jasper bekommt bald einen Jungen«, erzählt Taako. »Der ist aber zu Beginn noch winzig. Da musst du viel Geduld haben, bis du mit ihm Fußball spielen kannst.«
»Okay.« Nils zuckt die Schultern und läuft einige Meter voraus. Er hebt Steine auf, die er so weit wie möglich ins Meer wirft.
Sophie schmiegt sich an ihren Liebsten.

»Er ist so niedlich.«
»Ja, ich freue mich jedes Mal, wenn er bei uns ist.« Sie drückt Taakos Hand.
»Ich mich auch.«

* * *

Maike begrüßt sie mit der kleinen Merle am Arm. Sie strahlt über das ganze Gesicht, als sie mit dem Ärmchen der Kleinen den Neuankömmlingen entgegenwinkt.

»Das ist unser erster Großelternsonntag«, verrät sie Sophie, und es ist nicht zu übersehen, wie sehr sie in ihrer Rolle als Großmutter aufgeht. »Und Mama und Papa freuen sich über ein paar Stunden Ruhe, nicht wahr, meine Süße? Sag *Hallo* zu Nils.«

Merle steckt den Daumen in den Mund und dreht den Kopf weg.

Nils macht es nichts aus. »Gibt es Pommes?«

Die Kleine nimmt den Daumen aus dem Mund.

»Pommes?«

»Ja, da seid ihr euch einig.« Maike lacht und streckt Nils ihre freie Hand hin.

»Komm mit mir, junger Mann, ich hab ganz tolle Beziehungen zur Köchin.«

Jasper taucht auf und die Begrüßung fällt sehr herzlich aus. Speziell Taakos Hand schüttelt er sehr lang.

»Darf ich dich etwas fragen, ich weiß, es ist ein Klischee, aber . . .«, druckst er herum, als er endlich loslässt.

»Immer raus damit.«

»Hm . . .« Er deutet auf die hohe Buche. »Es ist wegen Aida.«

»Wie bitte?« Taako dreht sich irritiert zu Sophie um.

»Aida ist Otellos Schwester.«

»Ja«, bestätigt Jasper. »Und sie sitzt schon den ganzen Tag dort oben.«

»Ich soll die Katze runterholen?« Taako lacht. »Habt ihr 'ne Leiter?«

»Klar. Ich habs auch schon selbst versucht, aber daraufhin ist sie bloß noch höher geklettert.«

Sophie beißt sich auf die Lippen, um nicht laut herauszulachen. Sie kann sich Jaspers enttäuschtes Gesicht nur zu gut vorstellen, als das passierte.

»Macht sie das zum ersten Mal?«, will Taako wissen und als sich ein Gespräch über Aidas Klettergewohnheiten entspinnt, lässt Sophie die beiden stehen und mischt sich unter die Menge. Svenja ist plötzlich an ihrer Seite und begrüßt sie herzlich.

»Guck mal«, flüstert sie mit geröteten Wangen. Sie öffnet ihre WhatsApp-Korrespondenz auf dem Handy und präsentiert voller Stolz eine Einladung nach Hamburg. Ihre Augen leuchten. »Ralf hat mich nicht vergessen.«

Sophie lächelt bemüht. Natürlich wird Svenja ihm immer auf ein Wochenende willkommen sein, aber mehr?

»Was ist mit Okko? Ist der schon völlig abgeschrieben?«

Svenjas Miene verdunkelt sich und sie verzieht das Gesicht. »Ich hab monatelang gebettelt, jetzt laufe ich ihm nicht mehr hinterher.«

Kurz darauf kehrt ihr Strahlen zurück. »Guck mal,

dieses Hotel hat Ralf für uns ausgesucht.«

Sophie kann gerade noch einen kurzen Blick darauf werfen, als ein heiteres Gelächter erschallt. In der gegenüberliegenden Ecke des Raumes hat sich ein buntes Grüppchen gebildet, in dessen Mitte sich Thomsen wie ein Gockel dreht.

»Sie ihn dir an«, kichert Svenja und reicht Sophie ein Glas. Prosecco schlürfend beobachten die beiden nun ihren Chef, wie er für alle Anwesenden sein letztes Telefonat mit Kriminaldirektor Paulsen zum Besten gibt.

». . . und dann hab ich ihm gesagt, er kann sein gesamtes Sonderkommando zum Teufel jagen!«

Die Umstehenden lachen ein weiteres Mal lauthals auf und Sophie muss schmunzeln. Das ist so typisch Rüde. Plötzlich umschlingen sie Svenjas Arme von hinten und ihre Kollegin drückt sie ganz fest an sich.

»Ich bin so froh, dass dich diese Kugel verfehlt hat.«

»Welche Kugel?«

Mit einem Mal steht Taako wieder neben ihr und Sophies Herz setzt vor Schreck einen Moment lang aus. *Mist*, das sollte er nicht erfahren. Nachdem ihr keine harmlose Antwort einfällt, bleibt sie stumm.

»Svenja, von welcher Kugel sprichst du?«

Doch von Svenja ist nur noch der blonde Pferdeschwanz zu sehen, der mit einem Affentempo in der Menge verschwindet.

»Sophie?«

Sein ernster, fragender Blick geht ihr tief unter die Haut.

»Es ist nichts passiert«, sagt sie leise.

»Warum hast du dann nichts gesagt?«

»Weil . . .«

»Sophie, ich bin dein Partner. Wir werden zusammenziehen und unser Leben miteinander teilen.«

»Ich weiß. Aber es ist nicht so einfach, auf die Frage *Schatz, wie war dein Tag?* zu antworten, dass mich eine Kugel bloß deshalb verfehlt hat, weil ich über eine Leiche gestolpert bin.«

»Echt jetzt?«

»Ja.«

»Ach, Liebes.« Taako drückt sie nun an sich. Er findet keine Worte und Sophie ist dankbar, dass er nicht irgendeinen Gemeinplatz daherplappert. Eine Weile stehen sie nur da. Schweigend und aneinandergeschmiegt.

»Du weißt, dass du mir alles sagen kannst?«

»Ja.« Sophie nickt. »Ich hatte Angst.«

»Vor der Kugel? Vor dem Tod? Ich weiß, wie das ist, ich kann dich verstehen.«

»Nein.« Sie schüttelt den Kopf. »Davor, dass du mir meinen Job ausreden möchtest. Weil den liebe ich genauso sehr wie dich.«

Taako zieht sie nun an sich und küsst sie innig. »Keine Sorge, dafür habe ich Verständnis. Ich habe auch einen gefährlichen Job. Du wirst meinetwegen auch immer wieder Todesängste ausstehen müssen . . . wie jetzt zum Beispiel, wenn ich diesen Baum erklimmen werde.« Er lächelt ihr aufmunternd zu.

»Da hast du recht«, schmunzelt Sophie. »Lass mich noch drei Drinks kippen, bevor es so weit ist.«

»Das klingt nach einem guten Plan.«

Er angelt nach der Proseccoflasche, um ihr Glas aufzufüllen, doch Nils ändert seine Pläne. Er kommt mit lautem Geheul angelaufen und sein Speichel, der ihm aus dem Mund läuft, ist rot verfärbt.

»Was ist passiert? Blutest du?«

Taako beugt sich besorgt zu ihm hinunter.

»Die Merle hat . . . die Merle hat . . . die Merle hat . . .«

»Ja, was denn?«

»Meine Pommes hinuntergeworfen!«

Mit breitem Grinsen reicht Sophie ihrem Freund ein Taschentuch.

»Sei vorsichtig, mein Held, Ketchup hinterlässt böse Flecken.«

Während er dem Jungen das Gesicht sauber wischt, nähert sich Jasper von der Seite.

»Die Aida maunzt schon ganz kläglich.«

Taako richtet sich wieder auf und zwinkert Sophie zu.

»Nun denn, bist du bereit?«

Sie nickt, doch ihr *Ja* geht in einem lauten Schrei unter, der aus der anderen Ecke des Raumes kommt.

Billi steht dort und krümmt sich vor Schmerzen.

Jasper wird auf der Stelle kreidebleich.

»Alles, nur das nicht.«

Nachwort der Autorin

Liebe Leserinnen und Leser,

an dieser Stelle möchte ich mich sehr herzlich für die Unterstützung bei meinen Freunden, Testlesern und Lektoren sowie den Experten der Kriminalistik und der Medizin bedanken – und natürlich bei Ihnen, liebe Leserinnen und Leser!

Ich freue mich, wenn **DIE KÜSTEN-KOMMISSARE** *Ihnen ein paar spannende und unterhaltsame Stunden bescheren konnten.*

Wenn es Ihnen gefallen hat, würde ich mich über eine Rezension bei Amazon sehr freuen. Ein großes **DANKE** *all jenen, die sich kurz Zeit nehmen und ein paar Worte schreiben!*

Für jene, die wissen wollen, wie es mit Thomsen, Meerkatz & Co weitergeht: *Spannend – so viel steht fest. Denn das nächste Buch kommt schon sehr bald!*

Einfach **Anne Amrum** *auf Amazon folgen und sofort über Neuerscheinungen informiert werden!*

Anne Amrum, September 2022

Instagram: anneamrum
E-Mail: anne.amrum@gmx.de

Es geht spannend weiter ...

Der zehnte Fall der Küsten-Kommissare
NORDSEE ANGST von
Anne Amrum

TATORT NORDSEE

Die Skulpturenkünstlerin Anna Mertens wird tot in ihrem verwüsteten Atelier aufgefunden. Alles sieht nach einem Einbruch aus, der aus dem Ruder gelaufen ist. Der kleine Junge, der noch am selben Tag verschwindet, würde eine andere Geschichte erzählen. Eine Geschichte voller Angst ...

In der spannenden und humorvollen Nordsee-Reihe prallen Welten aufeinander: Emanzipierte Emsigkeit aus der Hauptstadt trifft auf die Gelassenheit des Nordens. Mit Engagement und Leidenschaft für ihren Job tritt Kommissarin Sophie Meerkatz gegen die Vorbehalte ihres Chefs an und scheut auch nicht davor zurück, zu drastischen Maßnahmen zu greifen.

In Nordsee Angst, dem zehnten Küstenkrimi der Bestseller-Autorin Anne Amrum, ermitteln die Nordsee Kommissare wieder auf Hochdruck, um einen rätselhaften Mordfall aufzuklären.

Erhältlich auf AMAZON!

Wie alles begann ...

Der erste Fall der Küsten-Kommissare

NORDSEE Mord von Anne Amrum

TATORT NORDSEE

Die sechzehnjährige Inga wird tot im Husumer Watt aufgefunden. Die jugendliche Tote ist ein beliebtes Mädchen aus dem Ort. Ein tragischer Selbstmord, davon ist Hauptkommissar Rüdiger Thomsen überzeugt.

Doch seine neue Kollegin Sophie Meerkatz wittert ein Verbrechen und beginnt unangenehme Fragen zu stellen. Als kurz darauf die beste Freundin der Toten vermisst wird, gerät auch Thomsens Überzeugung ins Wanken. Denn die Mutter der Vermissten ist eine alte Vertraute ...

Die Situation spitzt sich zu, als es in der Bevölkerung zu brodeln beginnt. Ein Sündenbock ist schnell gefunden. Doch liegt überhaupt ein Verbrechen vor und ist der Verdächtige auch tatsächlich der Schuldige? Und wo steckt das vermisste Mädchen?

Im ersten Teil der spannenden Nordsee-Reihe prallen Welten aufeinander:

Emanzipierte Emsigkeit aus der Hauptstadt trifft auf die Gelassenheit des Nordens. Mit Engagement und Leidenschaft für ihren Job tritt Kommissarin Sophie Meerkatz gegen die Vorbehalte ihres neuen Chefs an und scheut auch nicht davor zurück, zu drastischen Maßnahmen zu greifen.

Erhältlich auf AMAZON!

Printed in Dunstable, United Kingdom